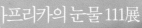

아프리카의 눈물 111展

십만년 개미탑의 전설

작가와비평

넬라 환타지아 미션 111展

알퐁소 마리아 푸스코 신부

작가와비평

김수환 추기경 111展

서로 사랑하세요

김수환 추기경 111展 서로 사랑하세요

ⓒ 김경상 外, 2013

1판 1쇄 인쇄__2013년 02월 10일
1판 1쇄 발행__2013년 02월 16일

지은이__김경상 外
펴낸이__양 정 섭

펴낸곳__작가와비평
　　　　등　록__제2010-000013호
　　　　주　소__경기도 광명시 소하동 1272번지 우림필유 101-212
　　　　블로그__http://wekorea.tistory.com
　　　　이메일__mykorea01@naver.com

공급처__(주)글로벌콘텐츠출판그룹
　　　　대　표__홍정표
　　　　디자인__김미미
　　　　기획·마케팅__배정일
　　　　편　집__배소정 노경민
　　　　경영지원__안선영
　　　　주　소__서울특별시 강동구 천중로 196 정일빌딩 401호
　　　　전　화__02-488-3280
　　　　팩　스__02-488-3281
　　　　홈페이지__www.gcbook.co.kr

값　21,000원
ISBN　978-89-97190-52-2　03800

김수환 추기경 111展

서로 사랑하세요

김경상 外

작가와비평

주님은 나의 목자, 아쉬울 것 없어라

　김수환(스테파노) 추기경님께서는 가톨릭 종교적 이념을 넘어 화합과 사랑을 심어주셨던 국민의 정신적 지주이셨고, 1970~80년대 격동의 시대에 민주주의와 인권을 옹호한 시대의 선도적 실천 표본이셨으며, 늘 가장 낮은 곳에서 소외되고 가난한 이들과 함께한 인자한 이웃이셨다.

　1922년 대구에서 옹기장수였던 아버지 김영섭(요셉)과 모친 서중화(마르티나)의 5남 3녀 중 막내로 태어났다.

　선조 때부터 굳건한 신앙의 정신을 이어 받았으며 시대적 곤궁함을 이겨낼 수 있었던 큰 힘은 신심 깊고 대범한 어머니와 형님이신 김동한 사제의 사랑이었다고 한다. 사제가 될 마음은 없었으나 어머니를 통한 성소에의 하느님 섭리이신 듯, 강권에 이끌려 11살에 대구 성 유스티노 신학교 예비과에 입학해 사제의 길을 준비하며, 1941년 서울 동성상업학교를 졸업하고, 그해 일본 조치대학(上智大學) 문학부 철학과에 진학했으나, 1944년 1월 제2차 세계대전으로 중단하고, 다시 1947년 서울 성신대학(聖神大學)에 입학해 1951년에 졸업하고 사제로 서품되었다.

　그 후 안동 성당 주임신부로 첫 사제생활을 시작으로 1953~55년 대구 대주교의 비서신부 해성병원 원장을 지냈고, 1953년에는 김천시 성의(聖義)중·고등학교 교장과 김천시 황금동 천주교회의 주임신부를 겸임했다.

1956년 10월 독일에 유학하여 뮌스터대학교 대학원에서 사회학을 전공하고 1964년 귀국했으며, 그해 1964년 6월부터 2년 동안 주간 〈가톨릭 시보〉 사장을 지내게 된다. 1966년 2월 15일 마산교구의 주교로 서임되었으며, 5월 31일 마산교구장으로 서품되었다. 1968년 5월 29일 서울대교구장으로 승품되어 제2차 바티칸공의회 이후 교회 쇄신의 획기적 기류를 타고 큰 역할로 우뚝 서게 된다. 1969년 4월 25일 교황 파울루스 6세로부터 전 세계 추기경 가운데 최연소 추기경으로 서임되었다.

1970~75년까지 한국천주교주교회의 의장으로 1차 부임했다. 1970년에서 3년 동안 아시아 천주교 주교회의 구성준비위원장으로 재임했고, 1981~87년까지 한국천주교주교회의 의장으로 2차 부임했다. 1968년 서울대교구장 취임식에서 "교회의 높은 담을 허물고 세상 속에 빛과 소금이 되고 누룩이 되는 교회를 심어야 한다"라고 선포하고, 교회 쇄신과 현실 속의 실천적 원칙을 강조했다. 또한 교회는 가난하고 힘없는 사람들 편에서 종교적인 양심으로 옹호해야 한다 했으며, 교회는 정치적이고 사회적인 권력보다 인간 존엄성의 가치가 우선 되어야 하며 인류 공동선의 역할을 해야 한다는 신념을 분명히 했다.

교회는 불의와 부정과 타협치 않으며 모든 인간은 순수한 양심 성찰에 의하고 복음에 입각한 사회정의를 실현해야 할 것을 주장했다.

이러한 추기경님의 확고한 신념과 대범한 실천은 혼란한 시대적 격동기에 크나큰 영향을 주었고 시대의 등불이 되었다.

서로 밥이 되어 주는 마음이 인간회복임을 강조하고 산업화와 물질만능시대의 피폐해져 가는 인간본성의 가치를 호소하였다.

힘과 권력에 맞서며 단호한 신념과 실천적 삶의 모범을 보여주신 시대적 지팡이이셨고 큰 별이셨다.

소외계층뿐 아니라 재소자와 한센인의 아픔을 함께 하며 따뜻이 보듬고 품어주신 넓고도 깊은 큰 바다 추기경님이셨다.

민주화 성명과 강론을 통해 인권과 민주회복을 강조했으며, 그 서릿발 성성한 추상 같은 시절, 명동성당이 '민주화 성지'로서의 횃불로 자리 잡게 됨은 추기경님과 한국천주교회의 중요한 시대적 의미이며 국민 모두의 성역이기도 했다. 한국천주교회뿐 아니라 모든 종교 간의 화합을 열어 놓으셨던 추기경님.

김 추기경님은 평소 세상에 태어나 가장 잘한 일로 '신부가 된 것'을 꼽았고, 모든 것이 하느님 신비 속에 은총으로 살았음을 회상하셨다.

1984년 5월 6일에는 교황 요한네스 파울루스 2세가 집전한 가운데 한국천주교 200주년 기념성회를 개최, 세계 최초로 교황청 이외에서의 시성식을 열어 한국순교자 103위를 성인의 반열에 올렸으며, 1989년 10월 9일에는 교황과 세계의 가톨릭지도자들이 참석한 가운데 '그리스도 우리의 평화'라는 주제로 제44차 세계성체대회를 개최하기도 했다.

또한 헌혈, 안구, 장기(臟器) 등의 기증으로 인간의 생명을 존중하는 실질적 나눔의 운동을 전개했다.

어렵고 힘든 격동의 한국 현대사를 몸소 부딪치고 막아서며 겪어낸 서울대교구장 직책으로서의 막중한 인내와 고독의 세월을 지내고, 1998년 서울대교구장을 맡은 지 30년 만에 은퇴하셨다. 은퇴 이후에도 2002년 옹기장학회를 공동 설립하여 북한 선교를 위한 사제양성의 뜻을 펼치셨다.

2005년 4월 8일 바티칸에서 집전된 요한 바오로 2세 교황의 장례미사에 참석하셨고, 24일 교황 베네딕토 16세 즉위미사에 공동 집전을 하시며 한국 가톨릭교회 위상을 높이셨다.

2007년부터 건강이 악화되어 투병하시다, 2009년 2월 16일 87세로 선종(善終)하셨다.

빈소는 명동성당에 마련되었고, 장례는 닷새 동안의 일정으로 치러졌고, 시신이 유리관에 안치되시어 일반인들에게 공개되었다.

2월 20일 오전 가톨릭교 서울대교구장이신 정진석 추기경님이 교황특사 자격으로 장례미사를 집전한 뒤, 2월 20일 오후 경기도 용인 천주교 성직자 묘역에 안장되셨다.

병환 중에 문병 온 모든 이에게 "고맙습니다. 서로 사랑하세요"라고 하신 말씀은 모든 이의 가슴에 살아 지금도 추기경님의 목소리로 나즉이 들리며 사랑을 전하신다.

'너희와 모든 이를 위하여' 사목표어대로 고위 성직자이셨음에도 불구하고 가장 소외되고 가난하고 힘없고 약한 자의 편에서 세상 속 빛과 소금으로의 역할을 사신 김수환 추기경님.

묘비에는 바라신 대로의 "주님은 나의 목자, 나는 아쉬울 것 없노라"(시편 23장 1절) 새겨졌고 영면에 드셨다.

진정한 목자로서 천체의 큰 별로 빛을 발하시며, 우리나라의 앞날과 국민들의 염원을 굽어보시고 계시리라.

1922.05.8 대구 출생

1941.03 서울 동성 상업학교 졸업

1941.04 일본 동경 상지대학교 입학

1947.09 서울 가톨릭대학 신학부 신학 전공

1951.09 사제 서품

1951.09 대구 대교구 안동 천주교회 주임 신부

1953.04 대구 대주교 비서 신부

1955.06 대구 대교구 김천시 황금동 천주교회 주임신부

1956.10 독일 뮌스터대학교 대학원에서 사회학 전공

1964.06 주간 ≪가톨릭시보≫ 사장

1966.02 마산 주교 서임, 주교 서품 마산 교구장 착좌

1968.04 서울 대주교 승품, 서울 대교구장 착좌

1969.04 교황 바오로 6세에 의해 추기경 서임

1974.02 서강 대학교 명예 문학박사

1977.05 미국 노틀담대학교 명예 법학박사

1988.11 일본 상지대학교 명예 신학박사

1990.10 미국 Seaton Hall대학교 명예 법학박사

1994.05 연세대학교 명예 신학박사

1995.06 타이완 Fu Jen 가톨릭대학교 명예 철학박사

1997.07 필리핀 Ateneo대학교 명예 인문학박사

2001.09 사제서품 50주년

CONTENTS

CONTENTS

3. 빛과 소금

CONTENTS

4. 나는 오늘 빛을 보았습니다. (2009년 2월 16일 명동성당)

CONTENTS

5. 천국의 문 (용인 천주교 성직자 묘역)

CONTENTS

6. 고맙습니다. 서로 사랑하세요.

CONTENTS

1 우리 시대의 거목,
당신은 나와 우리들의 마음에
영혼을 숨쉬게 하셨습니다.

고맙습니다.
서로 사랑하세요.

THANK YOU, LOVE EACH OTHER.

한국 최초의 추기경 김수환 추기경의 모토!
너희와 모든 이를 위하여

PRO BOVIS ETPRO MULTIS

인간에 대한 깊은 애정을 갖고 평생 모든 사람의 밥이 되기를 원하셨던 분,
삶의 마지막까지 각막을 기증하며 다른 이의 눈이 되어 주고 떠난 김수환 추기경님.

"사진 찍으면서 소탈한 그 모습이 느껴졌습니다. 그리고 조용히 묵상에 잠긴 추기경의 모습에서
한없는 평온함이 느껴집니다."(다큐멘터리 사진작가 김경상)

천국의 문

주민아

신새벽
안개 다발 같은 뿌연 공기 속에
마음의 발걸음이 옮겨가고
차마 함께 하지 못한 봄날이 아쉬워,
차라리 이 비가 사랑스럽다.

떨리는 가슴속 가득
윤 5월의 설레임을 붙잡고
수줍게 손 흔들던 그 얼굴을 기억하는데
시간은 강을 건너, 또 건너
쓸쓸한 편도표 한 장 날리며
2월 간이역을 떠나간다.

붉은 그리움의 기둥이
가슴 한복판을 가로지를 무렵,
부치지 못할 사연을 저 하늘에 뿌리면
보게 될까.
알게 될까.

그 사연에 힘겨운 별들이
스치는 새벽비 되어 지상에 내리고,
다시 이 가슴에 흘러내리고,
웅크려 있던 붉은 그리움은 꽃망울을 터뜨린다.

이젠 당신을 보낼 수 있을까.
이젠 당신을 보게 될까.

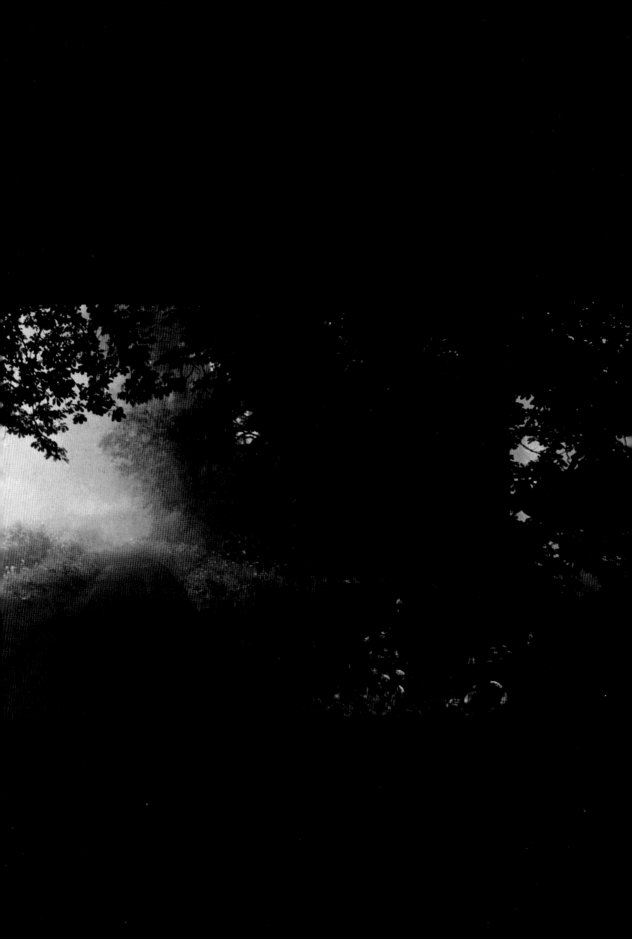

여러분, 행복하세요

김명훈

천진스런 표정으로 추기경님께서 "여러분, 행복하세요"라고 말하며 행복에너지를 발산하신다. 한동안 "여러분, 부자되세요"라는 텔레비전 광고 카피 하나가 사람들 사이에 덕담이 된 적이 있었다. 부자가 되라는 말을 들으면 머지않아 내가 부자가 될 것처럼 기분이 좋아진다. 설사 부자가 되지 않더라도 나를 위해 좋은 기운을 불어 넣어준 것 같아 고마운 마음이 든다. 마찬가지로 "행복하세요"라는 말을 들으면 마음에 온기와 활기가 돌고 평온해진다. 영적 지도자 달라이 라마는 "삶의 목표는 행복에 있다"고 말한다. 세상사람 모두가 궁극적으로 추구하는 가치가 곧 행복이니 어떻게 하면 행복해질 수 있는가는 우리 모두에게 지대한 관심사이다.

언젠가 여승 한 분과 식사를 하며 나눈 이야기가 생각난다. 한 신도로부터 영국 스코틀랜드에서 사왔다는 울 스웨터를 선물 받고 고통을 경험한 이야기다. 그냥 허드레옷이라고 했으면 별 관심 없이 아무데나 던져놓고 그저 몸을 따뜻하게 하는 옷가지로만 생각했을 텐데, 좋은 것이라며 건네받은 것이 화근이었다. 비싸고 좋은 것이라고 하니 이걸 잘 보관해야겠다는 강박관념이 생기더라는 거다. 손상될까 봐 함부로 입지도 못하겠고 빨래도 신경 써서 해야 했다. 그러면서 좋은 것을 가지고 있어서 마음이 불편해지는 것을 알게 되었다고 한다. 이 여승께 행복은 좋은 것을 소유하는데 있는 것은 결코 아니었다.

그러나 보통사람이라면 대체로 그 반대이다. 갖고 싶은 좋은 것을 소유하면 행복해진다. 그렇기에 세상 모든 사람들이 좋은 것을 갖고 싶어 하고 그걸 위해서 위험을 무릅쓰고 탐욕을 부리는 것이다.

이렇듯 행복은 결국 내 스스로 정하는 자신의 잣대에 의해서 정해진다. 소유해야 행복한 사람도 있고 소유하지 않아야 행복한 사람도 있다. 행복감은 결국 에고의 장난인 것이다. 이 에고는 개인의 내면적 체계이지만, 속해 있는 사회의 특성을 감지하여 대응하는 페르소나를 적절히 동원한다. 페르소나는 때로 체면으로 등장하기도 하고, 아양으로 등장하기도 하며 때로는 다른 사람과 선을 긋는 제한으로 등장하기도 하고 정면대립으로 날을 세우기도 한다. 프로이드가 설명한 것처럼 에고는 신경세포와의 사회적 환경과 합주하는 오케스트라이다. 그러므로 행복한 에고는 개인의 내적인 욕망과 가치관 그리고 사회적 환경에 의해 좌우되는 것이다. 다른 한편으로, 인간은 이성理性이라는 걸 가지고 있어서 공정하고 개관적이며 보편적인 것을 추구하는 능력이 있다. 그러므로 이성의 지배를 받는 경우도 있다.

신앙인의 행복은 어떨까? 신앙인에게 요구하고 있는 타인을 존중하는 삶이나 공생과 번영을 함께 추구하는 삶은 지극히 이성적인 범주에 속한다. 괴테가 "진정한 행복은 절제에서 솟아난다"고 하는 것이나 "행복은 눈먼 장님이 아니어서 부지런한 사람에게 찾아간다"고 말하는 클레망소의 주장처럼 신앙인의 행복은 일말 청교도적일 때 아름다울 것이다.

여쭈었다지요?

조이령

어떤 시詩를 좋아하느냐구요?

추기경님께 여쭈었다지요.

"하늘 우러러 한 점 부끄럼 없기를"로 시작되는 윤동주의 「별 헤는 밤」을 좋아하신다구요?

네, 우리 국민들 애송시 중 손꼽히는 시임에 분명합니다. 그러나 오히려 추기경님께서는, 하늘 우러러 부끄러운 게 많아서 그런 것 같다고 하셨다지요.

아닙니다.

추기경님께서 부끄러운 것이 많다고 하시면 지극히 평범한 우리네 세속인들은 그 부끄러움을 차마 세지도 못할 터입니다.

천주교 교인들이 갖추어야 할 첫 손 꼽는 덕목이 겸손이라 영적 아버지이신 추기경님께서 그 겸손의 미덕을 그리 드러내심이 아닌가 싶습니다.

그렇지 않습니까?

"21세기 사람들이 추기경님을 어떻게 생각해주기를 바라느냐"고 또 여쭈었다지요.

"아마도 참 못난 사람이라고 기억하지 않을까요?"라고 되물으실 때 어떤 마음이셨을까요?

2009년 2월 16일 87세의 일기로 저희들 곁을 떠나시면서 굳이 당신을 '바보야'라고 칭하셨으니….

결코 어린아이들조차도 듣기 싫어하는 그 말을 어찌 그리 스스로에게 던지고 가셨는지요?

참말로 바보인 저희들은 그 말조차 떠올리지도 못하고 입 밖에 내지도 않은 채 여전히 잘난 체, 똑똑한 체, 갖춘 체, 아는 체 등 거드름을 피우며 살고 있기에 이 순간 또 머리를 조아리지 않을 수 없습니다.

"어떤 노래를 좋아하시냐?"고 또 여쭈었다지요.

"가을엔 편지를 쓰겠어요. (…중략…) 누구라도 그대가 되어~~~"

가을이 되면, 가을이 오면, 가을의 문턱에서 그 누구라도 이 노래 가락 읊조리지 않은 이 없을 터입니다.

이토록 지극히 대중적이고 범속한 노래를 좋아하셨으니 어찌 더 더욱 친근감이 들지 않을까요?

먼 곳에 계신 분이 아닌, 높은 곳에 계신 분이 아닌, 어마어마한, 으리으리한 담이 높게 둘러쳐진 곳에 사는 분이 아닌, 그리하여 우리와 다른 생각과 뜻과 생활을 하시는 분이 결코 아님을 이렇듯 보여주시니 어찌 온 국민이 존경하고 흠모하고 우러르지 않을 수가 있을까요?

혹자가 또 여쭈었다지요.

어떻게 살아야 하냐구요?

무엇을 위해 살아야 하냐구요?

이 세상에 버려진 듯한 우리들에게 남겨놓고 가신 수많은 좋은 말씀들은 결국 '사람답게 살아라'로 귀결되어짐을 알 수 있습니다.

사람답게 살기 위하여, 왜 사는지?

어떻게 사는 것이 가치로운 것인지?

등의 끊임없는 자신의 성찰을 통해 사람답게 사는 것이 가장 보람되고 의미도 있고 또 큰 기쁨도 있다는 내 안의 답을 넌지시 깨닫게 해주셨으니 감사하고 감사합니다.

그리운 미소 천체의 별이 되시어

임연수

천체의 큰 별로 굽어보시고 계실
그리운 김수환 추기경님
밤하늘 어둠 속 별빛 유난히 밝습니다.
그리운 미소 하늘 가득히 향기로운 바람이신 듯,
그리운 목소리 메아리 되어
천상 노래 울리어 옵니다.
시대의 어르신
모든 이의 아버지
저희와 함께 가슴속 별빛
찬란히 살아 계십니다.

추기경님 모교 동성중고 100주년 기념식
'바보야'자화상 내보이시고
'인간이 잘나 봐야 얼마나 잘났겠나,
내가 제일 바보 같을 수도 있다.'
스스로 낮추시는 겸손과 덕으로
희망과 활력을 주시는 인품이 빛나고

예전 법정스님 사찰 방문하셔서
법당 안에서 절을 하신 추기경님.
내심 놀란 법정스님
"어떻게 절을 하셨습니까?" 물으시자
"스님은 친구의 아버지를 무어라 부릅니까?"
이에 법정스님 추기경님 손 맞잡고
"당신은 진정한 성인이십니다."
영혼의 도반 참다운 존경의 인품이 빛나고

"삶이 뭔가 골똘히 생각하다 기차를 탔다 이겁니다.
한참 가다 기차 안에서 누가
'삶은 계란, 삶은 계란'이러더란 말입니다."
일명—名 (삶은 계란)
삶의 깊은 통찰 해학적 명철하심이 빛나고

1970년대 산업현장 근로자 어린 소녀들 위로 차
명동성당 회관 베풀어주신 잔치
따스한 인정 빛나고
어둡고 춥던 겨울 칼바람 모퉁이 쫓기는 학생들

양팔 안 품으시어
엄위하시던 포근한 아버지 품속이 빛나고

서울역 앞 얇은 신문지 위
웅크린 노숙자
얼은 손 맞잡으시고
얼은 맘 데워주시며
허리 굽혀 위로하신
성자의 모습으로 빛나고

한센인 변형된 외모의 아픔보다
인간적 격리와 마음의 고립을 살피신
진정한 위로 헤아리신 뜻 빛나고

그리하여 당신의 그 모든 사랑의 실천이
복음이셨음을 깨닫게 하시어
깨끗한 눈물 한 방울
영롱한 보석으로 떨구며
진정 어린 참회의 성찰로 이끄시고
겸허한 기도하게 하시던 추기경님!

가을엔 편지를 하겠어요
누구라도 그대가 되어 받아주세요
낙엽이 쌓이는 날
외로운 여자가 아름다워요

좋아하시던「가을 편지」시 구절 귓가에 맴도는데
저 언덕 너머 그리운 노을빛 되어
가랑잎 수단자락 여미우며
단풍잎 손짓의 해후
총총한 걸음 서두르셨습니다.
가을 편지 되어
그립고 그리운 어머니 곁으로…
눈 시리도록 보고 또 보고픈
별빛이시여!

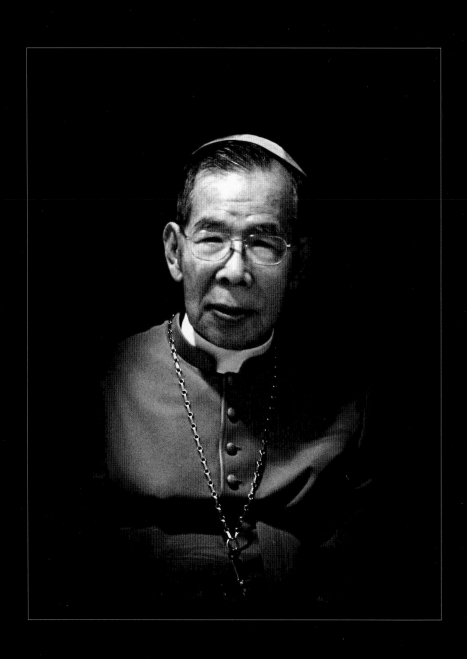

서로 밥이 되세요

조성범

종교를 넘어
사랑의 웃음꽃을 피우셨습니다.
이념을 초월해
서로에게 손을 내밀고 귀를 열어
우리의 말을 회복해
소곤소곤 바닥에 내리라 말씀하십니다.

권력과 물질, 욕심에 눈이 먼
애증의 시간을 멈추라
간절히 눈짓하고 계십니다.

주어진 생명의 시간을
나눔으로 손을 부여잡고 함께하시라
새해 아침에 하얀 눈에 실어
축복과 사랑의 발자국을 실어 보내고 있습니다.

온 누리가 맑은 눈처럼 함께하는
깨끗하고 투명한 세상을 함께하시라
눈동자를 눈송이에 피워
태백산맥 등허리에 뿌리고 계셔요.

동과 서를 나누지 않으시고
남과 북을 다르게 보지 않고

종교와 이념을 넘어 사랑을 뿌리시는
당신은 이 땅의 축복이었습니다.
오늘도 우리에게 웃으시며 말씀하십니다.
서로 밥이 되세요.

아름다운 영혼

박찬현

한 알의 씨앗이 흙 속으로 돌아가
연둣빛 어린 싹 하나 틔웠습니다.

그 씨앗은 세상에서 저 홀로 아팠고
시공을 재는 고통 속에서 살았습니다.

새싹은 지난날 여며 입었던 고통만큼
세상 상처 어루만지는 치유로 탄생했습니다.

모든 인간은 하느님 모습으로 창조되었고
만물 위에 자연을 다스리는 권리를 주었습니다.

눈으로 보아도 알 수 없는 무형의 하느님을
우리는 '아버지'라고 믿기에 영원불멸을 입습니다.

선과 악이 공존하는 삶의 이정표 앞에서
인성의 자유를 십자가에 묶고 가야 하는 길

멀고 긴 여정에 김수환 스테파노 추기경님께서
눈 먼 우리 위해 목자의 맑은 종소리가 되셨습니다.

시대의 선지자로 명동 언덕에 우뚝 선 성당 종탑
격변기를 살아 온 많은 영혼들의 안식처가 되었고
청춘을 초엽으로 보내던 민중의 마지막 보루가 되어
생명존중 향하여 타오른 시대의 촛불로 타 오른 사랑

이 세상 살아가시는 동안 비천한 이들의 언덕이셨고
이 세상 모든 목마른 이들의 맑은 옹달샘 생명수이셨고
믿는 이의 영원불멸을 옷을 입혀준 천상天上 중재자이
셨다.
비루한 우리 영혼은 유일이신 하느님 사랑에 눈을 떴다.

'인간이 뭐 길래?' 김수환 스테파노 추기경님.
믿음! 우리는 인간 이상의 존재를 인정하고
거기에 근원을 두는 인간관을 가질 때,
비로소 인간의 평등과 존엄을
이해할 수 있고 받아들일 수 있습니다.

하느님이 모든 인간을 당신 모습대로 창조했고,
모든 인간 각자를 똑같이 사랑하고 있고,
모든 인간을 당신의 영원한 생명에 들게 한다고 믿을 때,
인간은 비로소 평등하고 존엄한 존재가 되는 것입니다.

이 존엄성이 인정되는 한, 인간에게는 희망이 있습니다.
세상에서 재화와 지위가 필요한 것이기는 하지만,
다 변하고 지나가는 것에 불과합니다.
"이 세상의 모두가 나를 버려도,
그분은 나를 사랑한다"는 믿음이야말로
참된 희망입니다.

당신 뜻대로 사랑으로 싸우겠습니다

한정화

때로는 나라를 위해서라는 이유로
때로는 가족을 위해서라는 이유로
때로는 인간을 위해서라는 이유로
사람들은 자신이 어떤 짓을 하는지 모른다.
하지만 그것은
그렇게 대단히 큰 이유를 위한 것이 아니라
자신의 욕심 때문이었다.
그런데 그런 사람 옆에 있는 사람들도 욕심에
눈이 가려 그 엄청난 일을 말리지 않고 도와주거나
방관하고 만다.
그런 일이 생길 때마다 그런 욕심은 꿈도 꾸지 않았던
약한 사람들은 더 약해지고 곤경에 빠지게 된다.
그렇게 나쁜 일이 생길 때마다 강한 자는 더 강해지고
약한 자는 더 약해지고 있다.

"하느님, 저를 불쌍히 여기소서."(시편 51장)
그분은 우리를 불쌍히 여기셨다.
사랑을 나눌 줄 모르는 우리들에게
사랑하는 방법을 알려주시려고
평생을 애쓰시다 가셨다.

나라에 큰일이 생길 때마다
가난한 사람들, 고통 받는 사람들,
그래서 약자라고 불리는 사람들 편에 서서
그들의 존엄성을 지켜주려고 애쓰셨다.
그것이 가난하고 병들고 죄지은 사람들에게
둘러싸여 사시다가
마침내 목숨까지 십자가 제단에 바치신
예수 그리스도를 따르는 길이라고 믿었다.

그분은 당신에게 허락된 모든 방법을 동원해서
세상 안에 세상을 위해서 열려 있는 교회를
만들려고 노력하셨다.
1967년 5월에 있었던 강화도 심도직물 사건 때부터

유신정권, 제5공화국을 지나
1998년 교구장직에서 물러나실 때까지
하루도 편히 주무신 날이 없으신 분이셨다.

우리는 모두 기억한다.
1987년 6.10항쟁 때 명동성당 공권력 투입이라는 일촉
즉발의 위기에 닥쳤을 때 "경찰이 들어오면 맨 앞에 내
가 있을 것이고, 그 뒤에 신부들, 그 뒤에 수녀들이 있
을 것이오. 그리고 그 뒤에 학생들이 있을 것이오"라고
말씀하셨던 그분을.

얼마나 힘드셨을까.
우리가 힘들 때마다 하느님께 매달리듯
당신에게 매달렸고
우리가 바라는 교회의 모습을
당신이 보여주시길 바랐었다.
우리는 우리의 최선을 다하지 않으면서…

하느님, 제가 어떻게 하면 좋겠습니까.
하느님, 제가 어떻게 하면 좋겠습니까.

혼자 애달파하시고
혼자 쓰러지셨다가
혼자 일어나서야 했을 텐데

불쌍한 우리들을 두고 가시면서
더 해주지 못해서 더 내놓지 못해서 얼마나
안타까우셨을까.

선함이 선한 채로 악과 싸우는 것을 가르쳐주셨던 분.
우리의 몫까지 힘들어하셨던 분.
사랑합니다. 추기경님.
당신 뜻대로 사랑으로 싸우겠습니다.

열두 제자

김병주

이스라엘에서는 12가 특히 중요했습니다. 이스라엘 부족은 12부족으로 구성된 공동체였으며, 12는 그들 민족의 총체성을 의미하는 신성한 숫자로 자리매김하게 됩니다. 엘림에 있는 열두 샘물(민수 33: 9 참조)이나 호세아를 비롯한 12명의 소예언자, 그리고 이스라엘 대사장의 흉갑에 있는 12보석 등은 구약에서 12와 관련된 표현들 가운데 일부일 뿐입니다.

예수님께서 12제자를 선택한 것도 역시 성스러운 숫자 12의 의미와 일치합니다. 예수님은 열두 제자와 함께 이스라엘을 하느님과 새로운 계약을 맺는 기틀로 마련하십니다. 12부족이 이스라엘의 상징이던 것과 동일하게 12명의 사도들이 교회의 상징으로 자리 잡게 됩니다. 또한 예수님께서 십자가를 지고 가며 고난을 겪는 십자가의 12처소도 대표적인 예입니다.

아우구스티누스는 제자의 수가 12명인 이유를 다음과 같이 해석하였습니다.

"왜 사도의 숫자는 12명인가? 지상이 네 개의 부분으로 구성되어 있고, 전체의 세계가 복음의 부름을 받았기 때문이다. 그 때문에 4복음서가 씌어졌다. 전 세계는 삼위일체의 이름하에 부름을 받았고, 교회는 이를 통해 결집된다. 그리고 3에다 4를 곱하면 12가 된다."

성경의 마지막을 장식하는 요한묵시록에는 숫자 12와 7이 거듭 나타납니다. 특히 새 예루살렘과 관련하여 숫자 12가 등장합니다(새 예루살렘 묵시 21·22장 참조). 묵시록에서 전하는 천상의 도시인 새 예루살렘에는 12개의 성문이 있는데, 12개의 성문 위에는 12명의 천사가 있고, 각각의 성문 위에는 이스라엘 12종족의 이름이 적혀져 있습니다.

또한 성벽은 12개의 초석으로 이루어져 있으며, 각각의 초석 위에는 12명의 제자의 이름이 새겨져 있습니다. 성벽을 이루는 12개의 초석에는 12개의 보석으로 장식되어 있고, 12개의 성벽은 12개의 거대한 진주로 장식되어 있습니다. 그곳에서 자라나는 생명의 나무는 1년에 12번, 그러니까 매달 열매를 맺습니다.

도시의 크기 또한 12와 관련되고, 아울러 선택된 144,000(12×12×1000)명만이 이 도시에 거주할 수 있다고 합니다(묵시 7: 4). 물론 이 숫자는 미리 계산된 산술적인 수량이 아니라 이상적이고 완전한 숫자에 대한 표현입니다.

이처럼 충만함과 완전함 그리고 평화와 거룩함을 상징하는 12!

제가 다시 볼 수 있게 해주십시오

박성도

눈이 멀지 않은 제가 사람들에게
"제가 다시 볼 수 있게 해주십시오"라고 외치고 다닌다면
많은 이들이 바라보지도 않을 것입니다.
제가 눈이 멀지 않은 것으로
믿고 있기 때문입니다.

더 큰소리로 사람들에게
"저에게 자비를 베풀어주십시오"라고 외치고 다닌다면
많은 이들이 잠자코 있기를 꾸짖기만 할 것입니다.
제가 궁색하고 눈먼 거지가 아닌 것으로
믿고 있기 때문입니다.

눈을 감고 두 손을 마주하고 주저앉았습니다.
보이지 않는 당신께서
어디에 계신지를 찾아보려고 귀만 열었습니다.
들어주지도 않고
참아주지도 않고
나눠주지도 않고
용서하지도 않고
사랑하지도 않는
자신을 보고 듣게 됩니다.

"제가 다시 볼 수 있게 해주십시오."
당신께서 외치시는 소리를 듣습니다.

"저에게 자비를 베풀어주십시오."
당신께서 더 큰소리로 외치시는 소리를 듣습니다.

당신 앞에 다가서서
당신께서 원하시는
"제가 다시 볼 수 있게 해주십시오"라는
당신의 깊은 사랑과 자비를 믿습니다.

- 마르코복음 10: 46~48

예수님께서 제자들과 많은 군중과 더불어 예리코를 떠나실 때에,
티매오의 아들 바르티매오라는 눈먼 거지가 길가에 앉아 있다가,
나사렛 사람 예수님이라는 소리를 듣고,
다윗의 자손 예수님, "저에게 자비를 베풀어주십시오."
하고 외치기 시작하였다.
그래서 많은 이가 그에게 잠자코 있으라고 꾸짖었지만,
그는 더욱 큰 소리로 다윗의 자손이시여,
"저에게 자비를 베풀어주십시오" 하고 외쳤다.

꿈꾸는 새벽은 황금빛이다

허금행

꿈꾸는 새벽은 황금빛이다. 아침이 오기 전 우리는 꺼져가는 불씨를 타오르게 하는 뜨거운 언어를 찾아야 한다. 새벽은 어두움 한 덩이이던 밤으로부터 하나하나의 모습을 드러내는 아침으로의 황홀한 건널목이다. 나는 새벽마다 강아지를 데리고 산에 오른다. 축축한 길은 언제나 몸을 낮추고 겸손하게 지나가는 사람들을 반기고, 산 위에는 신선한 바람이 새로운 목소리를 준비하고 있다. 이 찬란한 시간에 멀리 보이는 고속도로를 달려가고 있는 부지런한 사람들의 새벽이 출렁이고, 나는 그들에게 경건한 목례를 보낸다. 지금 깨어 있는 사람들로 하여 아침은 매일매일 새롭고도 활기차게 열리는 것이다. 생선시장에서 목청을 돋우고 흥정하는 아름다움이여! 사과상자 위를 나는 비둘기의 날갯짓과 눈 내리는 오븐가에 쌓이는 꽃향기가 눈물겹다. 할머니라는 단어처럼 누나라는 다정함처럼 12월 새벽이 그리움을 낳는다.

바람은 꺼져가는 불씨를 일구어 불꽃을 만들기도 하지만 타고 있는 불꽃을 단숨에 꺼버리기도 한다. 이 지상에서 오늘 꺼져가는 희망에 찬란한 바람으로 달려가서 다시 타오르게 하기 위하여 나는 무엇이 되어야 하는가? 한 해가 또다시 지나간다고 서성이는 발걸음을 어디에 멈추고서 손을 내밀어야 하는가?

나의 어머니는 플러싱 조그만 아파트에서 이 새벽에도 만두를 빚고 계실 것이다. 몸에 좋지 않다는 기름은 고기 덩어리에서 다 떼어내고 싱싱한 야채를 준비하는 부엌의 소리는 조용한 음악이다. 반달 같은 만두가 한석봉 모친의 떡처럼 아름답게 놓여 있는 은쟁반의 식탁은 한 폭의 정물화이다. 이 만두는 비닐봉지에 50개씩 넣어서 팔린다. 나는 그렇게 힘든 만두를 왜 해서 파시느냐고 좋아하지 않았지만 젊어서부터 가만히 계시지 않는 성격이려니 하고 못마땅한 표정을 숨기곤 했다. 머리카락이 날린다고 머리수건을 쓰신 만두장수 우리어머니가 만두를 파신 돈으로 무엇을 하는지 알 때까지 나는 아는 사람들에게 '만두 좀 사세요' 하는 이야기를 해본 적이 없다.

어느 날 어머니는 앞을 보지 못하는 사람들을 위한 기금으로 매달 헌금을 하고 계시는 것을 알게 되었는데, "이 세상에 불쌍한 사람들이 많지만 그 답답함을 생각만 해도 가슴이 아프다"고 늘 말씀하시던 뜻이 거기에 있었음을 깨닫게도 되었다. 청결제일 영양제일 할머니 손만두!

진정한 아름다움은 숨어 있는 것인지도 모르겠다. 내가 이러한 일을 했으니 신문에 크게 나야 한다고 목소리를 높이고 헌금의 액수에 따라 그 믿음의 도표가 작성되며 보석의 크기로 사랑의 부피가 측정되는 오늘, 새벽빛은 얼마나 정직하고 믿음직스러운가. 아무도 모르게 아침을 준비하는 손길이 진정 따스하다. 신문 던지는 소리가 현관 밖에서 두껍게 울리고 배달되는 우유병 부딪치는 소리가 싱싱하다. 창문을 활짝 연다.

나의 앞뜰의 자작나무에는 오 헨리의 「마지막 잎새」 하나가 찾아와 있어서, 이 아침이 나에게도 희망이다. 꺼져가는 불꽃이여! 이제 우리 손을 잡고 빛나는 바람 앞에 다시 서서 새해를 맞이해야 한다. 새날의 찬송은 언제나 그늘진 어제를 추억이게 한다. 살아 있음은 아름다움이어야 하며 하늘까지도 뜨겁게 하는 열기로 차올라야 한다. 우리가 해야 하는 일은 숨어 있는 아름다움을 찾아 맑은 물을 주어 싱싱하게 하는 일이다. 나 스스로까지도 싱싱해져야 한다.

출렁이는 아침은 이제 신생아의 경쾌한 울음소리처럼 시작되었다. 패들러에 실린 과일들이 꽃이었던 과수원의 아침을 어루만지듯 가지런히 놓여 있고, 맨해튼의 길모퉁이마다 다발진 장미가 그대들의 발걸음에 왈츠로 얹힌다. 어두움을 털어내고 빛 가운데에 설 수 있다는 것은 신의 축복이다. 오늘은 우리 모두에게 빛나는 바람이어라.

교황 베네딕토 16세에게 선물로 전한 김경상 사진가의 작품은 김수환 추기경 선종(善終) 당일 추기경 시신
이 안치된 관 옆에서 정진석 추기경과 김옥균 주교가 기도하는 모습을 담은 작품과 성 막시밀리아노 마리
아 콜베 성인이 세운 '원죄 없는 성모마을'에서 수도자가 묵상하고 있는 모습을 담은 사진 2점과 사진집 2
권(『성 막시밀리아노 마리아 콜베』, 『캘커타의 마더 데레사』)인 것으로 전해졌다.

그리운 김옥균 주교님!

김병주

2009년 1월 30일. 돌아가시기 전에 꼭 한 번은 신부님을 뵙고 싶었습니다. 성북동 융 연구원에서 이부영 교수님을 뵌 후, 혜화동 가톨릭 성신교정 내의 사제관을 찾아가기로 마음먹었지요. 혜화동 성당 담을 끼고 올라가던 중 대학 시절 즐겨다니던 기억이 나면서 성체조배를 하고 싶은 마음에 성당 안으로 들어갔습니다. 내부를 수리하였지만 성당은 30여 년 전과 크게 달라진 점이 없이 여전히 어두웠고 별로 변한 게 없어 보였습니다. 다시 담을 끼고 가파른 길을 조금 더 걸어올라가니 신학교 정문이 나오고, 수위 아저씨께 김옥균 주교님을 뵈러왔다고 하자 담당비서에게 전화를 했습니다. 잠시 후 중년 남자분이 나오더니 지금 주교님은 이곳에 계시지 않고 병원에 장기 입원 중이시라고 합니다. 김수환 추기경님과 함께 계시다가 지금은 두 분 모두 여의도 성모병원에 계시다는 것이었습니다. 아뿔사! 좀 더 빨리 찾아뵈었어야 했는데….

안타까운 마음에 신부님 연세가 85세 정도 되셨기에 돌아가시기 전에 꼭 한 번 뵙고 싶다고. 지방에서 일부러 뵈러왔으니 병원으로라도 면회를 가고 싶다고 하자, 이젠 사람을 만나도 알아보시기 어려울 정도라 면회도 어렵다는 것이었습니다. 그런데… 이 사진 속 휠체어에 앉아계신 신부님을 뵈니 그게 아니었군요. 그때 중환자실에 계셨던 분은 신부님이 아니라 바로 추기경님이셨던 것입니다.

그날 그렇게 신부님을 못 뵙고 못내 아쉬운 마음으로 내려온 후 보름 정도가 지난 2009년 2월 16일 김수환 추기경님이 선종하셨습니다. 젊은 시절 명동성당 미사에서 가끔씩 뵈었던 추기경님! 그 슬픔은 이루 말할 수가 없었습니다. 지금도 책상 앞 사진 속에서 추기경님이 환하게 웃고 계십니다. 추기경님을 바라보고 있으면 저절로 제 입가에도 미소가 지어지는 그런 한없이 인자하신 모습이십니다.

그 당시 그렇게 아쉽고 허전한 마음을 안고 지방으로 내려오면서 더 일찍 신부님을 찾아뵙지 못한 것에 대해 후회를 많이 했습니다. 그러나 이미 너무 늦었기에 그 후론 다시 뵙는 걸 그만 포기해 버렸지요. 하지만 신부님께 꼭 드리고 싶은 말씀이 있었는데, 16세의 어린 소녀가 이제 중년이 지나고 흰머리가 희끗희끗한 나이가 되었지만, 이렇게 잘 살고 있다고 진심으로 감사드리고 싶었는데…. 아~~~ 너무나 아쉬웠습니다.

참 사제의 모델이셨던 신부님을 개인적으로 만나지 못했더라면 아마도 저는 더 이상 가톨릭 신자로서 살아오지 못했을 것입니다. 결혼 후 남편을 따라 지방에 내려와 살다 보니 신부님을 뵙고 싶어도 그저 마음뿐이었습니다. 여러 번 망설이다가 신부님께 전화를 드리면 반가워하시면서 언제든지 서울 교구청 집무실로 오라고 하셨습니다. 하지만 평사제도 아니고 주교님이 되신 후라 더욱 어렵고 해서 머뭇거리다가 그만 기회를 놓쳐 버린 것이지요.

2010년 추기경님 선종 1주기가 지나고 3월 1일 우연히 평화방송을 보다가 그 날 오전 3시경 김옥균 주교님이 선종하셨다는 소식을 듣게 되었습니다. 가슴이 먹먹해지면서 아버지를 잃은 듯이 하염없이 눈물이 흘러내렸습니다. 장례미사에 참석할 수 없어서 그저 하루 종일 평화방송을 틀어놓고 그 앞에 앉아서 눈물을 흘렸던 기억이 납니다.

신부님과는 특별한 인연이기에 그 슬픔이 더욱 컸습니다. 제가 신부님을 처음 뵌 건 노량진성당에서였습니다. 당시 중학생이었던 저는 상도동성당에 다니다가 본당이 분가하면서 신설본당인 노량진성당으로 옮기게 되었습니다. 낡고 오래된 자그마한 일본식 집을 개조해서 1층은 본당으로 쓰고 2층은 교육관과 회합실로 썼는데, 20평 남짓한 일본식 다다미방에 제대를 차려놓고 신자들이 옹기종기 쪼그리고 앉아 주일미사를 드리던 게 엊그제 같습니다.

주일이면 아래층에서는 신부님이 미사를 드리는데 2층에서는 고등학생 일곱여덟 명이 모여 학생회 회합을 하곤 했습니다. 조용히 얘기하다가도 한 번씩 몸을 움직이거나 하면 삐그덕 소리가 그대로 아래층으로 울리던 그때! 소리도 크게 내면 안 되고 어쩌다 웃음이 나오면 참으면서 숨죽여 웃던 시절이었습니다. 미사 중이라 방해가 되어서 화가 나실 법도 한데 신부님은 우리를 보시면 항상 인자하게 웃으셨습니다.

미사가 없을 때는 기타 치면서 성가연습도 하고 짬짬이 포크송도 함께 부르던 그 시절! 오월 성모성월 마지막 날엔 제가 성모님께 드리는 시를 지어 낭송하고, 부활절엔 계란을 만들기 위해 그리고 성탄절엔 카드를 그리기 위해 이집 저집 모여서 함께 준비하던 그 시절! 신부님 도움을 받으면서 학생회 소식지를 만드느라 등사기로 밀고 작업하던 그 철부지 시절! 그 시절 함께했던 친구들이 보고 싶습니다.

신부님은 프랑스 유학시절 신학과 신문학을 전공하셨기에 자그마한 학생회까지도 간이 소식지를 만들 수 있도록 도와주셨습니다. 또한 가톨릭출판사 설립과 평화방송 설립, 평화신문 창간, 평화방송 케이블 TV 등 가톨릭 언론의 발전에 크게 기여하시면서 재단 이사장까지 하셨다는 것을 뒤늦게 알게 되었습니다. 그러나 겉으로 드러난 그분의 화려한 공적보다 본당 사제로서 우리와 함께 하셨던 그분의 인간적인 면모를 저는 존경합니다.

신부님이 청파동성당으로 가시던 봄날, 신자들이 송별회를 하면서 많이 울었던 기억이 되살아납니다. 존경하는 신부님과 이별하는 것이 마치 아버지와 이별하는 것처럼! 그리고 그 해 여름… 아버지께서 암 선고를 받고 11월 말에 돌아가셨습니다. 아버지가 돌아가시자 해맑은 웃음도 사라지고 저의 철없이 순수하던 신앙생활에도 먹구름이 끼었습니다. 한 동안은 어두운 터널을 통과해야 했던 힘든 시간들이었습니다.

그로부터 다시 신부님을 뵌 건 5년 후 수유동성당에서였습니다. 노량진에서 수유리로 이사한 후 수유동성당에서 신부님을 다시 뵈었을 때 돌아가신 아버지를 다시 만난 것처럼 너무나 놀랍고 기쁘고 또 기뻤습니다. 그때 신부님이 50대 중반이셨으니 저도 모르게 돌아가신 아버지와 동일시했던 것 같습니다. 그도 그럴 것이 아버지와 신부님은 왠지 공통점이 많아 보였습니다. 두 분 모두 머리가 반짝 반짝 빛이 나셨고, 두 분 모두 외국 유학생활을 하셔서인지 지성적이며 사고가 열려 있었으며, 가부장적인 권위가 아닌 평등한 인간애를 지닌 진정한 휴머니스트셨습니다. 성품도 겸손하고 온유하신 데다 후덕해보이는 외모도 비슷하셔서 그야말로 동일시하기에 안성맞춤이었습니다. 저에게 꿈과 이상을 심어주셨고 누구보다도 아끼고 사랑해주셨던 아버지를 매주 주일미사에서 다시 뵙는 그런 기분이었습니다.

미사 강론은 어린아이에서부터 할아버지 할머니들까지 모두 이해할 수 있도록 쉽게 하셨습니다. 진리의 말씀을 사랑에 담아, 천천히 알아듣기 쉽게, 잔잔히 흐르는 강물처럼, 부드럽게 스치는 바람처럼, 인자한 목소리를 타고 마음으로 스며드는 말씀은 저뿐만 아니라 모든 신자들을 감동시켰습니다. 한국에서 철학을 하시고 프랑스에서 신학공부를 하셔서 그런지 불교나 유교 등 타종교와 사상에 대해서도 열려 있으셨습니다.

2 생가를 찾아서 (경북 군위군 군위읍 용대리)

1922년 5월 8일에 출생한 김수환 추기경은 범부의 소박한 꿈을 가지고 살았으나, 사제의 길을 원하던 어머니에게 등 떠밀려 신학교 문턱을 넘게 되었다.

작은 꿈들이 소원하기는 하여도 살아오면서 가장 잘한 일이라고 했다.

옹기장이 직업을 둔 아버지를 일찍 여의시고 어머니 홀로 포목행상을 하면서 '아버지 없는 자식'이란 소리를 듣지 않도록 먹을 것과 입을 것을 사치스럽지는 않아도 뒤떨어지지 않게 키워내신 어머니를 그리는 추기경님의 심안에는 들녘 하늘거리는 코스모스에서 느끼거나 혹여 밤 시간 그릇 달그락거리는 소리에서 어머니의 모습을 유추함은 몹시도 어머니의 향수가 애틋한 것임을 느낀다.

모두가 비교적 가난을 끌어안고 살아가던 시절에 추기경님의 어머니는 삶의 전초지이기도 했고 삶의 보루이기도 했다. 신앙의 기반이 되어 몸소 보여준 생애가 추기경님에게는 사제가 될 수 있었던 초석이었다.

모든 성소(聖召)에는 어머니의 지고지순한 기도와 순명과 희생이 녹아 있다.

이른바 대지처럼 어머니는 무던하게 청렴한 거목 한 그루를 키워낸 그곳에는 평생 편안한 모습으로는 살지 않았을 세월이었으나 추기경님의 회고록을 보면 어머니를 표현하신 글이 가슴에 와 닿습니다.

"70년의 풍상을 겪은 모습입니다. 자식을 위하여 당신 자신을 비우고 또 비우고…, 그러나 위엄이 있으시며 미소를 잃지 않으신 모습이 떠오릅니다."

추기경님은 사제가 되지 않았으면 아마도 범부의 삶을 살아 가셨을 것이고, 그 소박한 유년의 꿈이란 "읍내에 점포를 차려 돈을 버는 것이었다. 그런데 장사를 하지 않길 잘했다. 나 같은 사람은 허구한 날 사기를 당해 알거지 되기 십상이다." 그러나 저녁 굴뚝의 연기를 보면 평범한 가장이 되고 싶어 하신 속내도 이해가 간다. 지극히 평범한 일이 가장 하고 싶은 일이 되는 것이 인생사이기도 하다.

그 후에도 유학시절에는 오스트리아 빈에서 '서정길 대주교'님의 병수발을 들며 값싼 입석표를 사서 음악회에 자주 갔다고 한다. 그때 "아주 열정적으로 지휘봉을 휘두르는 지휘자의 손끝에서 선율이 흘러나오는 것 같아 넋을 잃고 쳐다보았다", "많은 어휘를 함축해 아름답게 표현하는 시인도 부럽다" 하셨다.

추기경님은 이렇게 혼이 깃든 예술도 무척 사랑하셨다는 것이 여유로운 성품으로 비춰졌다.

붉은 소나무의 기도

조성범

소나무는 한민족의 눈이고 심장과 같은 나무이며
사시사철 역동적으로 변화하는 한반도의 기개를
푸른 청솔에 한껏 쏟아내고 두 팔 벌여 껴안는다.

겨울의 소나무는 하얀 눈에 어깨를 맡기셨습니다.
눈 덮인 소나무 잎사귀는 청녹색에 엎어지고
찬바람에 길게 뻗은 팔이 이리저리 흔들이며
한 무더기 쌓인 눈이 나뭇가지에서 떨어진다.
경상북도 칠곡 군위 첩첩 산골의 산 까치가
먹이를 찾아 빙빙 돌다 산가지를 할퀸다.

봄의 소나무는 송진가루 날리며 봄바람에 취합니다.
묵은 잎새가 천 길로 낙화하고 새싹에 눈을 주며
가시 같은 바늘은 잠시 내리고 솜털로 날개를 돋아낸다.
천년 적송 기개의 풍운이 옷고름에 청운을 품어내고
장대한 산맥의 풍기風氣를 온몸으로 들이시고
눈을 감으며
저 밑 산 아래에서 펼쳐지는 인간군상의 놀이를
바라본다.

여름의 소나무는 천둥번개에 두 눈을 곤추세웁니다.
폭풍우 바람 물결을 비켜 세워 태풍목이 되고
천 년 송 깊은 속살, 나이테에 아롱지게
눈 풀꽃을 심는다.

낙락장송 천상의 솔잎 향을 잎사귀에 삭혀 풀어 넣고
비바람이 실어온 강토, 눈물의 한을 깊이 빨아들이며
하늘 닮은 맑은 심천수를 내리고 내려
단물을 흘려보낸다.
가을의 소나무는 오색빛깔로 황금빛의 길을 열어줍니다.
고요한 산천이 온갖 풍요를 안고 빛들의 향연에
손에 손을 잡고 발길을 모으며 골짜기, 산등성이마다
오색 빛 파랑, 노랑, 빨강, 하양, 검정이 뒤섞인다.
빛의 잔치에 단풍나무, 감나무, 은행나무, 모미지나무,
붉·나무千金木인 오배자나무가 붉은가지를 불사른다.

기도는 감사함을 느끼게 하고
겸손하게 하며
나의 이익을 넘어선 다른 생명의
아름다움을 볼 수 있는
소박한 눈을 회복하게 합니다.
함께하는 나눔, 믿음의 정성을 알아가게 합니다.
이 순간이 숨을 쉬는 이 모습이
아름다운 사랑의
숨소리임을 느끼게 해줍니다.

위령성월

김병주

예수님께서는 유다의 배신으로 사도의 수가 11명이 되었을 때 비로소 우리 죄를 대신하여 십자가형을 받으십니다(갈라 3: 13 참조). 이때 예수님의 나이가 33세(3×11)라는 것은 3이 삼위일체이신 하느님을 뜻함을 생각할 때, "예수님께서 돌아가심은 하느님(3)께서 우리가 받을 심판(11)을 대신 가져가셨다"고 생각할 수 있습니다.

가톨릭 전례에서도 11월은 위령성월입니다. 위령성월이란, 먼저 세상을 떠난 모든 이들을 기억하고 기도하는 달입니다. 그리스도인들은 속죄와 심판의 달인 11월에 돌아가신 영혼들을 기억하고 기도하면서 동시에 죽음 앞에 서 있는 자신의 삶을 반성하고 회개하게 됩니다.

죽음에 대해 묵상하는 11월! 매 순간 잘 죽을 수 있는 자만이 새로운 삶을 잘 살 수 있을 것입니다. 준비하는 자들에게 허락된 회개와 보속의 시간들을 통하여 영원한

삶으로 나아가는 복된 11월이 되시기를 기원합니다.

"보라,
이제 하느님의 거처는
사람들 가운데에 있다.

하느님께서는 사람들과 함께 거처하시고
그들은 하느님의 백성이 될 것이다.

하느님 친히
그들의 하느님으로서
그들과 함께 계시고
그들의 눈에서

모든 눈물을
닦아 주실 것이다.

다시는 죽음이 없고
다시는 슬픔도 울부짖음도
괴로움도 없을 것이다.

이전 것들이 사라져 버렸기 때문이다.

보라,
내가 모든 것을
새롭게 만든다."(묵시 21: 3~5)

계단이 전하는 기억

주민아

그리움은 언제나 채워지지 않지.
하지만
그렇다고 사라지지도 않아.

당신도 잘 알고 있을 거야.
그리움은
슬픔이기도 하고
축복이기도 하니까.

언제나 그 자리에 있겠지.
그리움, 그대로.
사는 동안엔.

난 그렇게 지금 당신을 그리워하는 거야.
정동길 교회당,
덕수궁 돌담길,
광화문 네거리,
명동길 성당 앞,
변치 않는 과거와 미래를 간직한 채로.

부서져도 아름다운 것 네 가지
가을 낙엽
여름 파도
봄 햇살
겨울 눈꽃
그리고 또 하나
언제나
당신.

자유가 자란 언덕의 초가집

조성범

"이 사람을 천국으로 보내주세요."

자유를 끝까지 사랑하셨던 김수환 스테파노 추기경님! 충청도 연산이 고향인 옹기장수 아버지를 쏙 빼닮은 수환이는 아버지가 생각날 때마다 거울 속에 비친 자신의 얼굴 속에서 "순한아! 순한아!" 하는 아버지를 떠올렸다.

수환의 어릴 적 이름은 순환이었다. 호적서기가 수환이라 잘못 올리는 바람에 이름이 바뀌었다.

아버지는 옹기장수로 수환이가 초등학교 1학년 때

해수병으로 돌아가셨다. 독실한 천주교 집안에서 태어났으며 순교자 집안이기도 하다. 그의 할아버지는 병인박해 때 순교한 김보현 요한이다. 외할아버지는 대구교회의 밑바탕이 되신 분으로 을해박해와 정해박해를 거치면서도 대구지역에 신앙을 전파하신 신앙심이 두터운 분이시다.

부모의 독실한 순교신앙 속에서 유복자로 태어난 아버지는 옹기를 지고 옹기를 팔러 팔도 이곳저곳을 떠돌아다녔다. 떠돌며 옹기를 팔러다니던 중 경상도 칠곡 신자촌에 1895년 무렵 정착하여 대구 사람인 본명은 말지나, 서중하 마르티나와 결혼하였다.

아버지는 결혼한 뒤 천주교 탄압을 피해 기약 없이 떠도는 날이 많았고, 그 사이 수환이는 대구 남산동에서 태어나 경북 선위로 이사를 갔다.

그의 8남매 고향은 모두 달랐는데, 옹기장수로 떠돌던 지역을 중심으로 충남 합덕, 대구, 김천, 칠곡 등에서 형제자매들이 태어났다.

"이 사람을 천국으로 보내주세요."

어머니는 아버지가 돌아가시던 날, 간절히 같은 말로 반복하여 애절하게 기도하고 기도하셨다.

평생을 한곳에 정착하지 못하고 박해를 피해 이곳저곳 떠돌아다닌 남편을 위해

"이 사람을 천국으로 보내주세요."

"이 사람을 천국으로 보내주세요."

간절히 기도하셨다.

아버지가 돌아가신 후 어머니는 포목행상으로 살림을 꾸리며 아버지가 하시던 옹기행상을 하다, 새벽이슬을 먹으며 나가시면 오밤중에 이슬을 밟고 돌아오시는데, 형을 따라 눈을 부비며 어머니를 기다렸다.

어머니는 새벽행상으로 지친 몸을 이끌고도 피곤함도 잊은 채, 주일이며 성당에 가시는 걸 잊지 않았다.

고단한 삶속에서도 어머니는 "할아버지는 훌륭하신 분이다. 굶어 죽는 순간까지도 하느님을 배반하지 않으셨단다."

순교하신 할아버지와 할머니의 옥바라지 얘기를 하셨다.

독실한 천주 집안에서 사랑과 천주로 유년을 보낸 김수환은 훗날 스테파노 추기경님이 되셔서 천금 같은 말씀으로 이 땅에 자유와 진실을 토해내신다.

1987년 6.10항쟁 때 농성 중인 시위대를 진압하기 위해 경찰의 명동성당 진입을 통보하러 온 공안관계자에게 인본적인 주님의 말씀으로 호통을 치신다.

"경찰이 들어오면 제일 먼저 나를 보게 될 것이고, 나를 쓰러뜨리고야 신부님들을 볼 것이고, 신부님들을 쓰러뜨리고야 수녀님들을 볼 수 있을 것이다. 학생들은 그 다음에나 볼 수 있을 것이다."

1989년 9월 기념 인터뷰에서는 "화해와 일치는 남을 받아주고 용서하는 마음에서 비롯됩니다. 용서는 피해자가 가해자에게 할 수 있는 것입니다."

2004년 신년 대담 중 성탄절 교도소 미사를 집전한 소감으로 "교도소에 가면 거기 사람들은 대부분 밖에 있어야 할 사람이고, 감옥에 있어야 할 사람들은 모두 밖에 있는 것 같습니다."

1997년 3월 언론 인터뷰에서 김영삼 대통령의 연두 회견을 비판하며 "지도자가 민심을 바로 읽지 못하면 국민은 지도자에게 등을 돌릴 것이다."

2002년 1월 언론 인터뷰에서 바람직한 대통령의 조건에 대해 "말을 신뢰할 수 있는 사람, 룰을 존중하는 사람, 인간에 대한 깊은 통찰력과 애정을 가진 사람"이라 하셨습니다.

우리는
지금 어디에 서서 무엇을 바라보고 있는가?

우리는 어디를 향하여 걸어가고 있는가?
우리는 자유의 길을 가고 있는가?
우리는 교도소 밖에 있을 자격이 있는가?

우리는
용서를 용서할 수 있는
피해자의 위치에서 하고 있는가?

우리는
지도자가 민심을 읽지 못하면
국민은 등을 돌려야 하는가?

밀알 한 알 형님과 붕어잡기

조성범

들녘의 가을바람은 소슬하게 불어와
벼이삭을 햇빛이 불볕으로 담금질해
탱탱하게 주렁주렁 영글게 하고

빨간 고추잠자리 하늘하늘 들바람을 머금고
가볍게 날갯짓하며 군위 산골 들을
제 집인 양 누비며 짝짓기에 여념이 없다.

언덕을 내려오면 큰길가 옆에서
산바람을 내리고 개울물이 흘러갑니다.
논두렁 옆을 여치 소리 잠재우며
풀잎을 헤치고 작은 돌멩이를 넘고
탁한 논물을 들이쉬며 졸졸 흘러내린다.

학교 갔다 오는 길에 소낙비가 쏟아지는
여름날 들녘을 달리다 보면 개울물에
통통 티는 물방울이 방울방울 터질 때마다
자지러지고 눈이 휘둥그레진다.
하나 올라왔다 떨어졌다
또 하나 튕겨 올라왔다 떨어지기를,
쳐다보는 내내 쉬지도 않고 한다.

옛날에는 먹을 게 눈 씻고 찾아봐도
별로 마땅한 게 없어 비만 오고 나면
엉아와 함께 대야 들고 언덕길을
쏜살같이 달려가 개울가에서 미꾸라지,
송사리, 버들메치 참붕어 잡기에
시간 가는 줄 몰랐다.
오늘은 비가 와서 그런지 형님이 그립습니다.
엉아는 나에게 어머니 다음으로 자기 몸처럼

사랑해주셨던 형님입니다.

"밀알 하나가 땅에 떨어져 죽으면 많은 열매를 맺는다"
는 말이 있습니다.
우리 형님은 진정 그 밀알 하나가 되셨습니다.
나누면 나눌수록 많아지는 그 사랑의 밀알이
되셨습니다.

나의 형님 김동한 신부님은 많은 이들을 위하여
이 사랑을 사시다가 가신 분입니다.
그래서인지 이 세상에서 내 마음에
가장 큰 빈자리를 남겨두고 가신 분입니다.

비 오는 날 창밖을 바라보면 어렸을 때
형님과 손잡고 송사리 잡던 생각이
물밀 듯 밀려와 가슴이 먹먹합니다.
망태기 달랑 하나들고 엄니가 주어온
찌그러진 양은 세숫대야에 가득 잡아오면
어머니는 맛있는 어죽으로 밥상을
푸짐하게 만드셨습니다.

그날은 맘껏 배불리 먹는 명절날이었습니다.
그래서 그런지 비 오는 날은 개울가에서
비 맞으며 물고기 잡던 그때가 그립습니다.
형님이 많이 보고 싶네요.
조금 있으면 올라가 형님을 실컷 볼 날이
얼마 안 남았습니다.

엉아 쪼끔만 기다리소. 곧 갑니다.

추기경님의 사모곡

박찬현

내 마음에 새겨진 어머니의 영상은 늙은 모습입니다.
이마에 깊이 주름이 잡혀 있고,
칠십 년의 풍상을 겪은 모습입니다.
자식을 위하여 당신 자신은 비우고 또 비우신 분,
그러나 위엄이 있으시면서도 미소를 잃지 않던
모습이 떠오릅니다.

추기경님의 사모곡은 뒤를 이어 구성지게 들려옵니다.
한 분의 거목이 성장하기 위하여서는 말없는
모진 고생이 구절마다 눈물처럼 스며들어 있었습니다.
오늘 날, 우리들의 언덕이셨던 추기경님의 그늘은
그래서 참으로 커 보인 것이 아닌가 합니다.
옹기장이 아버지를 일찍 여의시고
두 아드님을 키우신 홀어머니의 고생담은
서리꽃 같은 에이는 아픔이지만
든든하게 버팀목이 되어 주신 '어머니'라는 석 자
고결하신 어르신을
세상 한가운데 세워두셨음입니다.

오월의 땅

김병주

신약성경 마르코복음(6: 38~42)에서는 예수님께서 다섯 개의 빵으로 오천 명을 살리신 유명한 이야기 오병이어의 기적을 전해주고 있습니다. 또한 마르코복음(25: 1~13) 혼인잔치 이야기에서는 신랑을 기다리는 다섯 명의 슬기로운 처녀와 다섯 명의 어리석은 처녀들이 등장합니다. 그리고 다섯 달란트를 종에게 맡기고 길을 떠난 주인의 이야기가 이어집니다. 무엇보다도 십자가의 죽음에서 드러난 그리스도의 두 손과 두 발, 그리고 옆구리에 난 상처인 오상五傷은 사람의 아들이 지닌 영광의 흔적입니다.

성경에서 하느님께서는 회오리바람 속에서 예언자들에게 말씀하셨으며, 윌리엄 브레이크는 천국으로 향하는 야곱의 사다리를 변화하는 나선형으로 묘사했습니다. 사실 우리가 생물학적인 존재에서 영적인 존재로 나아가

는 것은 하루아침에 가능한 것이 아니라 탄생에서 죽음에 이르기까지 자신의 중심을 잃지 않고 지상에서 천국으로 향하는 계단을 차근차근 오르는 노력과 겸손함이 요구됩니다.

우리 영혼의 깊은 내면에는 고요한 눈(eye)처럼 고요한 자기(Self)가 있어, 우리가 감정의 거센 파도(두려움과 분노, 욕망, 자기연민, 이기심 등)로 인해 하느님에게서 벗어났을 때 균형을 잃지 않게 도와줍니다. 중심에서 멀어지게 되면 더 많이 비틀거리면서 모두에게 유익이 되지 못한 결과를 가져옵니다. 고요한 자기를 만난다는 것은 마음의 중심에 서는 것을 의미하며 중심을 잃지 않는 균형 잡힌 삶은 마음의 평화를 가져올 것입니다.

천지창조의 비밀을 극적으로 표현한 팬타드(5)를 통해 자신의 고요한 눈을 찾고 세상을 경이로운 마음으로 관조하면서 중심을 잃지 않으면서 살아갈 수 있다면 이보다 더 큰 축복이 없을 것입니다. 무한함 속에서 미소함을 보고, 미소함 속에서 광대함을 볼 수 있는 고요한 눈은 바로 하느님이 주신 은총의 선물입니다.

자연의 온갖 것들이 서로를 사랑하는 5월! 온갖 생명을 출산하는 자연의 사랑을 경이로운 눈으로 바라보면서, 자연을 통해 속삭이시고, 사랑하는 사람들과 함께 하시며, 그리고 생명의 말씀을 통해 다가오시는 하느님의 자비와 은총이 풍성하시기를 기원합니다^^*

먼 기억

주민아

그의 유년기는
마른 나뭇가지를 긁어모아
고목 아래
옹기처럼 한껏 쌓아두고
이리저리 오가며
밟고 밟아
서걱거리는 소리로
울음을 울고,
밤하늘 별빛에 한 번 부스러졌다가
신새벽 이슬에 설핏 일어났다가
한낮의 햇빛에 가슴을 태우고
초저녁 노을에 붉게 눈물을 토한다.
그러다
어느 겨울
따스한 눈바람에 다시
고목 아래로
모여 앉아
밤새 유난히 밝은 보름달의 손길로
물을 길어 올리고
마른 잎맥을 촉촉이 채워
새 나뭇가지로 태어난다.

내 탓이오

박찬현

어떤 이는
하나의 화두話頭를
몰입 정점에
불같이 영혼을 사르고

어떤 이는
하나의 화두話頭를
한 발 물러나
느긋이 관망을 하는

작살 같은 직선과
물 흐름 같은 곡선은
무척 다르지만

세월이 바람처럼
인생을 스쳐서 가 버린 후
두 정점이 만나는 곳

타오르던 불꽃 화두도
멀찍이 떨어져 바라보던 화두도
묽어지고 옅어진 火를 볼 것이다.

한 점 종지부를 찍는 자리
붉게 달구어진 화두는
식어버린 무쇠덩어리일 뿐

화를 잘 섬기고 다스리면
가슴이 어질고 인품의 위상이 곧다
내 탓을 쓸어내리며 내가 되는 길

또한 "내 탓이오"를 되뇌이며
김수환 추기경님을 새삼 기억한다.

하늘의 영광은 우주의 시네라마

박찬현

작은 창을 열면
하늘이 가득 내려옵니다.
동공 위로 그려지는
하늘의 영광은 우주의 시네라마

비취빛 비둘기 한 마리가
물고 온 올리브나무 가지는
사랑의 진행형 메시지였습니다

생이란 찰나의 모습에 숨겨진
그 오고 감이 희미한 연유는
혜안으로 연민을 읽는 이들에게
내려준 은총의 시간들입니다.

밀떡 속에 현존하신 그리스도를
뵙게 될 희망으로 기도하는 이들에게도
하늘은 우주의 한 자락을 여미고 있습니다

각자의 가슴에 작은 창을 내고
모두 주님 계시는 감실을 모시고
살아가시길 기도해봅니다.

그리하면
모두가 그리스도와 일체를 이룹니다.
언제나 흠숭 받으셔야 할 분을 모시고
세상 속에서 살아가는 감실이 됩니다.

하늘의 그 나라가 함께 오시어
땅 위에서 무릇 평화를 만끽합니다.
미움과 증오가 평화를 알게 됩니다.
기쁨이 존속합니다.
암담한 마음의 벽에
작은 창을 내고 하늘이 내려오면
밀떡 속에 계시는 그리스도를 모시고
모두 감실이 되어 세상 속으로 걸어갑니다.
이제 모두

막내아들

허금행

뉴욕시의 고등학교는 물론 등록금이 놀랍도록 비싼 사립학교도 있고, 구역에 따른 공립학교도 있다. 특수고등학교는 뉴욕시에 사는 학생은 누구든지 입학시험을 치러야 한다. 막내아들도 중학교 학생회장을 지내고 최고공립특수고등학교 스타이브슨에 다녔다. 그러다 대학에 들어가서는 공부는 뒷전이고 술독에 빠져서 겨우 졸업장을 탈 수 있는 성적으로 졸업했다. 좋은 직장에 취직하기는 틀린 일이고 해서, 앞으로의 계획을 넌지시 물으니, 소설을 쓰려고 한다는 것과 직장에 매어서는 글쓰기가 힘들 테니 집 고치는 회사에 취직을 해서 3년이면 모든 일을 제대로 배울 수 있다는 것이었다. 그래서 글을 쓰다가 돈이 떨어지면 공사하는 곳에 가면 얼마든지 일자리를 구할 수 있다면서 이미 일자리를 구해서 곧 공사판 일을 시작한다고 하였다.

나는 한 가지 조건을 내걸고, 이 일을 받아들이면 무슨 일을 해도 말하지 않겠다. 즉, 부모의 집에서 나가서 독립할 것과 무슨 일이 있어도 집으로 들어올 생각은 하지 마라. 잘 곳이 없으면 노숙을 하더라도 집에 올 생각은 아예 하지도 말라는 것이었다. 막내는 그날로 내 말에 수긍하고 아파트를 구해서 나갔다. 처음 한 일은 부순 벽돌이며 문짝 같은 쓰레기를 트럭에 실어내다 버리는 일이었고, 시간이 지날수록 옷은 허름해지고 바지에는 페인트가 묻어 빨아도 지지 않는 옷을 입고 다녔다. 얼마

후에 만나니 손은 거칠고 여기저기 다친 흉터가 나 있었다.

1년쯤 지나고 저녁에 전화가 왔는데 그 회사 사장이라고 하면서 급한 목소리로 설명을 하였다. 막내가 타일을 깨다가 타일 조각이 안구에 박혀서 근처 병원에서는 도저히 손을 쓸 수 없는 형편이라, 스토니부룩대학병원으로 후송 중이라는 것이었다. 그런 일을 정말 시킬 셈이냐고 처음부터 나를 윽박지르던 남편과 한 시간 남짓 걸리는 병원으로 가는 동안, 나는 내가 평생 처음으로 사시나무 떨 듯이라는 말을 체험할 수 있었다고 할까…. 새벽 3시에 길고 긴 수술을 받는 동안에도 나는 그렇게 떨었다. 퇴원을 하고 약속을 내가 어기고 집으로 데리고 왔다. 치료를 받고 검은 안경을 쓰고, 그렇게 6주일이 지났다. 그리고 막내는 다시 자기 아파트로 나가서 회사 일을 시작했고 3년의 기간을 끝어갔다.

막내는 회사를 차렸다. 그리고 직원도 여러 명 두고 열심히 일을 했다. 소설책은 수없이 읽는 것을 보았는데 글을 쓰는 것 같지는 않았고 그럴 시간도 없는 듯했다. 작년에 막내의 아파트에 갔을 때, 많은 책들 가운데 LSAT, 법과대학 입학시험문제집이 서너 권 책상 위에 펼쳐 있는 것이 보였다. 미국에는 대학에는 법대가 없고 대학을 졸업한 사람이 이 시험을 치르고 학교 성적과 인터뷰 등을 통해서 입학이 된다. 그런데 그 대학 성적을 가지고 법대 원서를 낸다고? 그런데 시험도 우수한 성적을 받았고, 뉴욕의 여러 법대에서 합격통지를 받았다. 모두들 놀랐지만, 나는 막내가 인터뷰하는 모습을 상상할 수 있었다. 아주 진실하게 자기는 스타이븐슨 고등학교를 입학할 수 있는 능력이 있었지만 대학에서는 공부를 하지 않았다. '이제 변호사가 되려고 하니 기회를 주면 열심히 공부를 잘 할 수 있다' 그랬을 것이고 믿어보자는 사람들의 호응을 받은 것이리라. 지금은 법대를 다니며 매우 우수한 학생으로 인정받고 또한 회사도 잘 이끌어간다.

남들은 변호사가 되어서 돈을 많이 벌겠다는 생각이 이제야 들었냐고 이야기들 하지만, 나는 그렇게 생각하지 않는다. 공사판에서 크게 다쳐 불구가 된 사람들, 때로는 나무 자르는 톱에 손가락이 세 개씩 잘라지는 인부들…. 변호사를 구할 수 있는 경제적 능력이 없어서 주저앉는 사람들을 가까이서 보았기 때문에, 그들을 위해서 일해야 한다고 생각했을 것이다. 나는 막내를 오랫동안 곁에서 지켜보았기 때문에 그 말을 듣지 않아도 다 알 수 있는 것이다. 누가 아는가? 언젠가 좋은 소설도 써 내려가게 될지를….

우간다로 떠나는 아들에게

허금행

큰아들이 유명사립대학 정치학과에 입학했을 때, 나는 버젓하게 성공한 아들의 모습을 상상하면서 기대에 부풀어 있었다. 신문에 오르내리는 아무개가 내 아들이라는 생각은 미국으로 이민 와서 귀양살이한 보답으로 충분하게 여겨졌다. 그러나 어느 날 평화봉사단의 일원으로 페루로 떠났다. 좋은 경험이려니 여기면서 아들이 페루에 머무는 동안 구경삼아 마추픽추부터 아마존까지 두 번 여행을 즐기기까지 했다. 돌아오면 나를 실망시키는 일은 하지 않을 것이라고 확신하면서….

며칠 전 대학원을 끝내고 느닷없이 아프리카의 우간다로 떠난다는 것이었다. 페루에 있는 동안 여러 가지 생각을 하였는데, 가난하고 에이즈로 죽어가고 희망도 없이 살아가는 사람들을 위해서 살기로 결심을 했다니…. 원서를 제출하고 합격통지를 받은 날, 뛸 듯이 기뻐하는 아들을 바라보며 나는 내심 실망으로 얼굴이 일그러지는 것을 느꼈다.

웹사이트에서 「Catholic Relief Service」를 찾아 샅샅이 읽었다. 몇 날 며칠을 생각했다. 그리고 페루의 아마존 강가에 있는 이퀴토스라는 도시에 갔을 때 가장 인상 깊었던 일을 되짚어보았다.

아마존 강가 아이들은 강물에 발을 담그고 주욱 앉아서 지나가는 배를 보고 손을 흔들고 있었다. 물가에 지어놓은 판잣집들은 집안까지 물이 들어와 언제나 축축했다. 에이즈로 사람들이 죽어갔다. 여행을 왔다가 도저히 되돌아갈 수 없었던 한 사람이 자그마한 집을 사서 방을 몇 개 만들어놓고, 죽어가는 에이즈환자들을 데려다가 목욕시키고 먹이고 돌보아주는 일을 몇 년째 하고 있다고 안내원이 말했다. 그 사람은 절대로 사진 찍히는 일을 거부했기 때문에 원조를 청하는 웹사이트에도 그의 뒷모습이 올라와 있었다. 그리고 성경을 읽어주고 기도하면서 죽음의 길을 편하게 열어주었다. 한 사람이 죽어나가면 다른 사람이 들어왔다. 수없이 많은 사람이 기다리고 있는데, 가난 중에서도 가장 가난한 사람부터 순서를 정해주고 있었다.

그때 내가 그를 얼마나 높게 생각하면서 가슴 떨렸었는지 모른다. "엄마, 태어나서부터 나는 너무 행복하게 잘 살았어. 이 세상에는 도움이 필요한 사람들이 너무 많아서 앞으로 그 사람들을 위해서 살기로 결심했어"라고 말하는 내 아들의 결정에는 왜 그런 흥분이 없단 말인가. 친구의 아들은 변호사로 이름 날리고 누구누구는 투자은행에서 돈을 억수로 번다는데, 아프리카로 떠나서 그들이 좀 더 나은 생활을 하도록 도와주겠다는 내 아들의 뜻을 어느 누구보다도 어미 된 내가 자랑스러워해야 하지 않는가?

우연히, 오늘 처음 본 김경상 사진작가의 우간다 사진들이 나를 흔들기 시작한다. 아무나 그런 결심을 할 수 있는 것이 아니다. 나는 울음이 터지려는 것을 참으며, 내 아들의 결심으로 나 자신의 욕심이 부서지는 우렁찬 소리를 듣는다.

3 빛과 소금

김수환 추기경이 마지막 순간까지 강조한 것은 "인간에 대한 사랑과 그리스도의 평화와 화해"였다. 이는 추기경이 우리에게 남긴 선물이자 고귀한 유산이다.

김 추기경은 '너와 너희 모두를 위하여'라는 자신의 사목표어처럼 현대사의 중요한 고비마다 종교인의 양심으로 바른 길을 제시하고 화해와 용서의 힘, 정직과 신뢰의 미덕을 몸소 실천하며 보여주었다. 추기경의 삶의 궤적은 한 마디로 사랑의 행로였다.

김수환 추기경이 몇 년 전 서울대학교에서 '어떻게 살 것인가'란 주제로 특강을 하면서 "우리가 끝까지 지켜야 할 가치는 자기 자신과 가난하고 버림받은 이웃에 대한 참사랑"이라며 사랑만이 사회적 어둠을 몰아낼 수 있음을 강조하기도 했다.

그는 가난하고 헐벗은 사람들 옆에서 비로소 그리스도의 사랑을 스스로 체감했다.

사제 서품을 받고 난 직후 안동과 김천본당 사제 시절, 당시 고해성사를 위해 성당을 찾은 주민의 딱한 사정을 듣고 몰래 돈을 쥐어주기도 했다.

절대적 빈곤층뿐만 아니라 입양이나 장애인 문제에 대해서도 사회 관심을 환기시키는 데 온힘을 쏟아온 김 추기경은 실천적 사랑의 삶속에서도 데레사 수녀처럼 좀 더 낮아지고 다가가지 못했음을 늘 부끄러워했다.

서울대교구와 수원교구에서 2013년에 내건 슬로건은 '신앙의 해'이다.

참 신앙인의 삶은 실천적 신앙과 살아 있는 행동적 요소이기도 하다.

교회의 빛

김명훈

가늘게 열린 문틈으로 햇살이 쏟아져 들어온다. 실내의 어둠을 모두 삼키어 일순간에 밀어낼 기세로 강렬하다. 어둠은 어린아이 볼에 맺힌 보조개처럼 얼핏얼핏 반사광으로 빛을 맞이하며 잔잔한 미소로 너그럽게 끌어안는다. 그렇게 빛은 어둠을 걷어내고 세상을 밝힌다.

우리는 빛의 세상, 밝음을 예찬한다. 그러나 밝음이 빛날 수 있는 것은 어둠이 있기 때문이며, 밝음과 어둠은 존재와 소멸로 공존하면서 서로를 이면에 두고 늘 함께 있다. 빛은 생명과 희망의 에너지이며 그 형이상학적 형상이다. 어둠은 쉼이며 안식이고 상상으로 밝음을 빛나게 할 잠재력을 잉태하고 있다. 그러므로 밝음은 늘 어두움을 포용하며, 어둠은 밝음이 더욱 빛날 수 있는 양분이 된다.

교회의 빛은 세상의 빛과 다른 의미를 갖는다. 교회에서의 빛은 신의 속성이다. 빛은 신의 창조에 의해서 주어진 것이며, 복음은 빛의 근원인 하늘로부터 온다. 예수께서 "나는 세상의 빛"(요한 8: 12)이며, "종말의 날에는 빛이 사라진다"(마태 24: 29)고 하였다. 빛으로 세상을 밝히는 시간과 그 공간은 신의 가호가 살아 있는 영역이다. 아울러 "너희는 세상의 빛이라고 하고, 너희 빛을 사람에게 비추어서 그들이 너희 착한 행실을 보고 하늘에 계신 너희 아버지께 영광을 돌리게 하라"(마태 5: 14~16) 하니 빛은 또한 신앙의 속성이다. 빛처럼 밝게 살고 세상을 밝게 이끄는 인류의 책임을 부여하여 빛은 곧 그리스도인이 추구해야 생활상이다.

빛이 되는 삶은 지혜로운 공생을 추구하는 삶이다.

1972년 10월 13일 오후 2시 30분경 눈으로 덮여 얼어붙은 안데스에 비행기 한 대가 추락했다. 영하 40도의 매서운 추위에 해발 약 3,500m 지점에 추락하였기 때문에 언론에서는 전원 사망한 것으로 추정했다. 사고가 발생한 지 약 두 달 반이 지난 72일 후 23살의 페르난도 파라도(Fernando Parrado)와 로베르토 카네사(Roberto Cannesa)가 8일의 사투 끝에 험준한 안데스 산맥을 넘어 구조를 요청함으로써 실종되었던 사람들 중 16명이 극적으로 살아 돌아오게 되어 전 세계를 감동케 했다. 이들은 극심한 어려움에 처해 여러 갈등요인들이 많았지만 신앙의 힘으로 지혜를 모아 공생하는 길을 선택하여 살아 돌아올 수 있었던 것이다. 이러한 상황에서라면 지혜로운 공생의 가치는 더욱 절실하겠으되 하루하루의 삶에서도 아름다운 공생을 위해 지혜를 모아 세상을 밝게 인도하는 삶이 세상의 빛이 되는 길이다.

또한 빛이 되는 삶은 제자다운 생활이다. 예수님께서는 열두 제자를 불러 모으시고 "첫째가 되기를 원하는 사람은 가장 낮은 자가 되어야 하며, 또한 모든 사람을 섬기는 종이 되어야 한다"(마가 9: 35)고 가르쳐주었다. 예수님은 예수님의 말씀을 전할 열두 제자를 삼음에 있어서 어부와 세리 그리고 로마정권을 전복시키고 유대국가를 세우기 위해 열을 쏟고 있는 시몬 등 결코 권세가 있거나 부자를 부르지 않았다. 그리고 제자다운 삶은 사랑을 드러내는 삶이다. 즉 참 제자다운 삶은 낮은 자세로 종이 되어 섬기고 끝까지 사랑하는 삶을 이끄는 것이다.

사랑의 선교 수사회, 노숙자 쉼터에 걸린 한 장의 사진

박찬현

머물러 있지 못하는 이들, 매섭게 불어 닥치던 엄동설한 바람줄기에 세상 밖으로 내 몰린 이들, 그들은 칼바람 에이는 지상 언덕에서 얼어붙는 눈물을 흘렸고, 더 이상 세상 속에 함께할 수 없음을 알게 되었다.

죄를 짓고 벌을 감행하고 나온 곳은 갱생보호소이다.

좁고 길게 만들어진 방 안에는 여벌의 옷을 걸어두고 숙식을 해결하던 곳, 이른 아침부터 사회 적응을 위해 일을 나간다.

생각처럼 녹록치 않은 세상은 냉대에 능하다.

어찌 보면 교도소 담장 안보다 밖이 날카로운 칼날인지도 모른다.

죄를 범한 경로는 누구나 소유한 양면이다.

그에 합당한 벌을 받고 출소를 했을 때, 그들은 교도소를 들어갈 때와 유사한 고통을 받게 된다.

버젓이 있어야 할 가정이 부재중이거나 그들을 모른다 하는 친지와 벗들이다.

갱생보호소는 새롭게 태어나는 일을 도와주는 곳이라기보다 그들의 주변 환경이 변화된 과정을 계기로 또다른 범행을 짓지 않게 되기를 바라는 일환의 장소이기도 하다.

그들의 어두운 그림자 위에 언제라고 단정할 수 없는 그 미지의 염원의 날에 평화로운 날갯짓을 하여 유영해 갈 수 있기를 기원하는 마음이다.

흔히들 쉽게 말하는 눈물 젖은 빵을 먹어 보지 않은

이는 그 속내를 모른다고 했던가, 그들의 한 끼 식사도 세상은 허허롭지 않다.

그들은 두 다리 뻗고 평화롭고 따스하게 잠들 수 있는 여유도 불안하기만 하다.

그들의 마지막 보루인 실낱같은 희망 하나도 여지없이 부서지고 마는 곳이 세상이다.

머리 위에 지붕 하나 있고 등을 녹일 수 있는 구들장, 허기를 채울 수 있는 눈물 젖은 빵 한 개이면 그들은 늘 족했다.

사람들은 많은 곳에서 앞 다투어 봉사를 하건만, 슬픈 음지를 돌아볼 눈은 없었다.

그들이 하느님을 외면하지 않고 한 자락 빛을 잡기를 바랐지만 '신은 죽은 것이다'라고 받아들일 수도 있다.

희망은 세상이 높은 가식의 담장을 낮추었을 때 비로소 나타나는 것이 희망봉이다.

하느님께서는 분명히 죄인을 부르시려고 외아들을 세상에 보내셨다.

그 죄인들이란 교도소 안에만 있는 죄인들이 아니라, 하느님 형상의 인간을 주조한 그들을 외면하는 이들이 죄인일 것이다.

춥고 배고프고 고독에 슬픔까지 한껏 젖어 있는 음지의 그들을 마음의 문을 열어두고 따뜻한 가슴으로 반겨주는 사회가 되기를 잠깐 희망해보는 마음이다.

사랑의 선물

한정화

하느님은 우리에게 세 아이를 선물로 주셨다.
우리는 그 선물을 잘 보듬고 있다가
귀한 선물의 포장을 열며 기뻐하듯 아이들을 키웠다.
많이 부족하고 모자란 우리였지만
하느님은 늘 우리 가정 안에서 우리를 도와주셨다.

그렇게 자란 아이들이 대학을 가고
봉사활동에 다녀들왔다.

큰 아이는 니카라구아에, 둘째 아이는 가나공화국에,
셋째 아이는 집 근처에 있는 극빈자 캠프에

큰 아이는 니카라구아에 가서 그곳의 사람들과 생활하며
그들이 만든 팔찌를 본국으로 가지고 와서 판 돈을
다시 니카라구아에 보내는 일을 했다.
무조건 구호물을 보내주면 받는 사람들은 나태해지고
마치 당연히 받아야 할 것을 받는 것같이 되어 버려서
그 사람들에게 좋지 않다는 생각으로 시작한 모임이었다.

둘째 아이가 다녀온 가나공화국에는
알다시피 식수가 늘 문제다.
아이는 수로를 만들어주는 작업에 참여하게 됐는데
정작 땅 파는 일은 별로 하지 못하고
꼬맹이들과 놀아주기만 하고 온 듯하다.

셋째 아이가 다녀온 동네 캠프는
극빈자 아이들을 모아서 사랑의 선물을 주는 캠프였다.
친부모와 사는 아이들은 거의 없고,
외짝부모나 정부에서 보낸 곳에서 사는 아이들이었는데
그러다보니 사랑에 너무 굶주려 있었다.

상처받은 아이들에게 사랑을 주는 것은
쉬운 일이 아니었다.

아이 셋이 집으로 돌아와서 하는 말.

불공평하게 나는 여기 태어나고 그 애들은 거기 태어났다.
그들은 선택의 여지도 없이 그렇게 태어나서 그렇게 산다.
나는 무슨 은총에 이렇게 살고 있을까.

그렇게 느꼈다면 갚으면서 살아라. 그에 대한 나의 답이다.

낮은 곳으로 가보니
그곳에는 작은 사랑이 큰 빛을 발하고 있었다 한다.

늘 굶주린 아이들에게 한 수저라도 더 주려다 보니
자기도 모르게 내 그릇은 빈 그릇이 되었다 한다.

세상에 도움이 필요한 사람들을 위해 기도하고
그 도움이 필요한 사람들을
돕는 사람들을 위해 기도한다고 한다.

약한 자들 중에 가장 약한 자를 사랑한다고 한다.

세상으로 보내어진 이 세 아이들에게
하느님의 뜻을 알아들을 귀가 있어서 감사하다.
세상 밖으로 아이들을 내보내면서
지금 이대로의 모습으로 세상 안에서 세상 속에서
주님의 원하시는 대로 낮게 낮은 이들의 고통을 나누며
사랑하며 살 수 있도록 주님께서 함께해 주시길 빈다.
그래서 본인들이 받은 은총에 보답하며 살 수 있길 바란다.

빛과 말씀

주민아

장미창 틈에 숨죽여 쉬고 있던 늦은 오후 햇살이
사람의 그림자를 만나
햇살 기둥 안에서 따스한 온기 가득 찬
풍경을 만드는 곳.
시간의 틈에 잠자던 미지의 글자들이
스테인드글라스 채색 선을 만나
숨겨진 뜻을 빚어내어
당신의 눈부신 존재를 각인시키는 곳.
빛으로 오신 당신이 흩뿌리는 말씀의 자모음이,
다가서지 못한 영원의 세상을 밝혀주는 곳.
사랑으로 오신 당신이 내미는 정결한 손길이
미처 전하지 못한 믿음의 열매를 거두는 곳.
무릎 꿇고 고개 숙인 채 고요의 바다 속에서
당신의 존재를 찾아 헤엄쳐 가는 곳.
한 마리 물고기가 되어 죽음의 잔을 거두지 못한 당신 앞에
마지막 숨을 가쁘게 몰아쉬며
붉은 아가미를 드러낸 채
미소를 남기는 곳.
하늘이 마련하신 이곳에서 빛을 흡수하고 말씀을 받아
천상을 유영하는 꿈을 꾸게 하는 당신은
다름 아닌 빛과 말씀의 성전.

나의 아버지 그리고 추기경님

김명훈

시냇물을 옆에 끼고 굽이진 신작로에 코스모스가 줄지어 고개를 숙인 채 하늘거린다. 마을로 들어가는 세 갈래 길, 커다란 느티나무가 동네 노인들을 불러 모으고, 오가는 이들과 인사를 나눈다. 마을로 들어서면 공동 우물이 한가운데에 있고, 우물을 중심으로 길이 네 갈래로 갈라진다. 돌과 흙을 번갈아 한 꿰씩 쳐서 쌓은 담장으로 집집마다 경계를 두르고 고샅을 이룬다. 뒤뜰에 감나무와 살구나무가 있고, 마당 한 쪽 구석에는 키가 큰 엄나무가 두 그루 서 있는 초가집이 우리집이다. 집으로 들어가는 길목에는 야트막한 언덕 위에 우물이 또 하나 있다. 우물가에는 대추나무 한 그루가 늘 잎에 반질반질한 윤기를 머금고 서 있다. 앞집에는 옥님이 누나네가 살고 있다. 초가로 용마루를 얹은 담 너머로 겨울철이 되면 김이 모락모락 나는 떡을 주고받으며 생기 나는 목소리도 함께 나누며 산다.

우리집 마당에는 꽃이 가득한 화단이 있다. 빨간 칸나가 뒷줄에 삐쭉 솟아 있고 사루비아와 봉숭아가 모범 학생처럼 바르게 서서 일렬로 화단을 채우고 있고 바닥에는 채송화가 깔려 있다. 뒷줄에는 꽃이 내 얼굴보다도 큰 분홍색 다알리아가 화단을 지배하듯 그들먹하니 웃고 있다. 지붕 위에는 장닭이 홰를 치며 울고 있고 암탉 서너 마리가 주변을 맴돌고 있다.

나는 봉숭아를 만지작거리며 놀고 있는데 아버지가 들일을 마치고 들어온다. 아버지는 지게를 털썩 내려놓고 내 볼에 얼굴을 부빈다. 까칠까칠한 수염에 볼이 따갑다고 아버지 얼굴을 밀어내려 하니 아버지는 너털웃음으로 답하시면서 한 번 더 부빈다. 내 아버지는 내 생명을 살리신 분이다.

내가 세 살 때, 평화로운 이 마을에 무서운 돌림병이 들어와 마을 사람 예닐곱 명이 희생되었다. 나와 같은 해에 태어난 아이들이 열둘 있었는데, 그 중 여섯이 이 돌림병으로 세상을 뜨게 되었다. 아버지는 나를 살릴 길을 백방으로 수소문했고, 30여 리 떨어진 곳에 메리놀 수녀병원이 있다는 것을 알게 되었다. 아버지는 이 병원을 수녀병원이라고 불렀다. 나는 몸이 불덩이 같았고 연일 설사를 하여 맥을 못추어 목을 가누지 못하였다. 아버지는 나를 들쳐 업고 수녀병원으로 향했다. 왕복으로 60리 길, 매일 나를 업고 그 먼 길을 다니며 나를 살리려고 안간힘을 썼다. 한낮에는 볕이 꽤 뜨거운 유월이었다. 아버지는 더위에 길을 걷는 것을 피하려고 아침 일찍 집을 나섰지만, 돌아오는 시간이 되면 이미 해는 중천에 떠 있었고, 내 몸이 불덩이 같아서 아버지의 등줄기에는 땀이 흥건했다. 그러기를 며칠 아버지의 간절한 소망과는 달리 나는 점차 더 기력을 잃어갔고, 수녀병원에서는 결국 살 가망이 없다고 판단하고 생을 마감하는 종교적 의식에 들어갔다. 우선 영세를 받지 않은 나에게 대세를 주었다. 그렇게 받은 이름은 마태오였다. 그런데 대세를 받고 나서 금세 숨이 멎을 줄 알았는데 오히려 나의 숨결은 점차 기력을 찾아갔다. 며칠 후 나는 마침내 병을 털고 회생하게 되었다. 지금으로 보면 치료가 전혀 어렵지 않은 이질이라고도 하는 장티푸스였다. 온 동네 사람들이 공동우물을 먹고 사니 물이 오염되면 자연히 동네 사람들 모두에게 쉽게 전염될 수밖에 없었다.

아버지는 그때까지 신앙이 없었지만, 죽은 상태나 다름없던 내가 살아나게 된 것은 하느님의 은총이라고 확신하게 되었다. 아버지는 내가 다시 살아난 기적을 가족들과 함께 기뻐하면서 그 길로 온 가족의 손을 이끌고 성당으로 향했다. 성당은 우리집에서 10리나 되는 먼 거리에 있었다. 산 중턱에 우뚝 솟아 있는 성당은 내가 지금껏 본 건물 중에서 가장 크고 멋진 집이었다. 처음 들어설 때부터 왠지 아득하고 푸근한 느낌이었다. 아버지는 바쁜 농사철에도 주일을 거르는 법이 없이 흰색 바지저고리에 중절모를 쓰고 주일이면 성당으로 갔다. 나도 엄마와 누나 손을 잡고 함께 따라다녔다. 미사가 끝나고 나면 성당 마룻바닥에 앉아서 동갑내기 또래들과 소꿉놀이도 하며 놀았다.

김수환 추기경님은 내 아버지와 같은 분인 것 같다. 따뜻한 미소를 머금은 온화한 얼굴에서 아버지가 느껴진다. 푸근한 음성도 아버지와 같다. 다른 점이 있다면 내 아버지는 나만의 아버지였던 반면 추기경님은 온 세상 모든 분들의 아버지였다는 점이다.

사랑

박찬현

사랑은 고결함에서 흘러나오는 빛이기에 흔히들 정형화된 기본 틀에서 이미 만들어진 담화로 받아들일 수도 있다. 그러나 그것은 어느 한 인격체가 몸소 이루어낸 아주 특별한 이야기이기도 하고 깊이 생각하면 보편적인 일일 수도 있음이다.

그 보편적인 일례라고 한다면 주변에서 일어나는 일들을 직접 참여하거나 또는 체험하는 일들일 것이다. 사회를 이루는 공동체생활에서 돌아보면 묵묵하게 자신을 그다지 드러내지도 않은 채 주변을 두루 챙기는 이가 꼭 존재한다. 그러한 이는 그러한 일들이 자신의 생활에 일부인 양 변함없는 조직체로 그 자리를 지키고 있음이다.

교회공동체 안에서 늘 무슨 행사이건 뒷마무리를 해 오던 분이 계셨다. 잔치(행사)마당에 오는 이들은 자신에게 처해진 일만을 다하고 그 자리를 하나같이 비운다. 그러나 그분은 어수선한 뒷마무리를 혼자서 해 오던 모습을 자주 목격했다.

오래 전 용인에 위치한 천주교회 장지와 다른 장지들이 장마에 모두 휩쓸려 산 아래로 밀려 내려와 주검의 유해들이 흙들과 뒤범벅이 되어 한 차례 야단법석을 치르던 일이 있었다. 한여름 불볕더위에 별반 도움이 되지 못한 날씨임인데도 그분은 그 장소에 출행했다. 유골을 한 군데로 모으는 일을 하는 것인데 사실 그 일은 그다지 쉽지 않은 봉사의 개념이었다. 그 많은 봉사단체들이 얼씬도 하지 않은 그해 여름 그분은 그곳에서 삶과 죽음을 묵상하며 손을 놀리셨다.

가을로 접어드는 즈음, 그가 불현듯 생각이 난다.

그해 가을 추석 전날 나는 그분 집에서 송편을 빚으러 갔을 때, 직원 대신 근무를 하기 위해 회사에 출근을 하러 나가던 모습을 보며 "늘 땜방 인생이다"라고 웃어준 기억이 난다.

그날 밤 걸려온 전화는 그분께서 교통사고로 심장이 파열된 채 영안실에 있다는 소식이었다. 싸늘한 밤바람을 맞으며 찾아간 영안실은 냉랭하고 매정했다.

살아생전 교회 내외적인 행사에 늘 낮고 보이지 않는 자리에서 묵묵히 봉사해 온 그분은 모든 사람들 앞에서 주님은 드높여주셨다.

그의 장례식은 '교회장'으로 치렀고 생각도 못할 추모 행렬이 길고 길었다.

그분은 세속이 생각하는 잣대로 살지 않았으며 세속이 옳다고 여기며 가는 길을 인정하며 따라 걷지 않았다. 영세 받은 처음 한때는 적응이 힘들었지만 성경 말씀대로 살아갔다기보다는 그분 인격체가 이미 숙성된 자아였기에 당연한 삶의 길이었다고 생각한다.

살아 갈수록 점점 미궁으로 빠져드는 인간의 근본에 대처하기란 그리 쉽지 않은 일이 되었지만, 이미 몇 분이 그렇게 살다가 미리 가셨기에 그들의 삶을 통해 내 안의 삶을 반추해본다.

성작

주민아

누군가의 슬픔과 고독,
사랑과 이해,
외로움과 고뇌가
순간 한꺼번에 밀려왔고
그 의미가 거울처럼 환하게 드러났습니다.

성작 안에 숨쉬는 붉은 말씀은
어쩌면 나로부터 끈질기게 도망치던,
존재의 길다란 줄기가
갑자기
툭,
하고 내 발 앞에 던져진 것 같았습니다.

붉은 생명의 샘을
이제서야 알게 되어 부끄럽고,
이제라도 알게 되어 축복이며,
이제부터 알아가야 하는 기쁨입니다.

뮌헨의 땅을 베고 누운
로마로 구아르디니의 묵상은
때마침
성작의 의미를 부드럽게 속삭입니다.

"금빛 못에 신성한 방울방울을 받아
저 가없는 사랑의 신비를
고이 담은 그릇이여!"

순교정신 이어받아 사랑으로 다시 나자

한정화

마음의 해가 서녘으로 넘어가고
어두운 그늘이 내 영혼을 넘으려 할 때
그대가 나를 마중 나오는 길이리.

천주여!
나의 사랑 천주여!
당신을 위해서 죽을 수 있으니
더한 영광이 어디 있으리오.

사랑은 힘든 일이 생길 때
도망가거나 피하는 것이 아니라
끝까지 지켜주는 것이다.
사랑하는 이를 위해서 죽는 것보다
더 큰 사랑이 없다는 것을
우리는 이미 예수 그리스도를 통해 알았고
한국 천주교회의 첫 번째 한국인 신부
김대건 안드레아는 26세의 젊은 나이에
새남터에서 순교함으로써
그 가르침을 우리에게 이어줬다.

그렇게 김대건 신부를 비롯한 1만여 명의
순교자들의 거룩한 피의 사랑이
우리들에게 흐르고 있어 지금 우리 교회가
주님이 원하시는
교회가 될 수 있으며
우리는 그 사랑을 행동으로 이어
후손에게 전해줘야 할 사명이 있다.

1996년 김대건 신부 순교 150주년 기념 현양대회에
김 추기경은 당신 생전 처음으로 지하철을 타고
행사장에 참석했고
미사 중 영성체 때에는 장애인석에 직접 내려가서
중증 장애인들에게 성체를 영해주며
일일이 축복해줬다.
김대건 신부님이 순교하실 때 남기셨던 말씀 중
"오래지 않아 나보다 더 착실한 목자를
상으로 보내실 것이다" 하신
그 착실한 목자가 김수환 추기경이었음은 분명하다.

고백합니다

조이령

[말]

"말을 많이 하면 없는 말이 나오니 양 귀로 많이 듣고 입은 세 번 생각하고 열라"라고 이르셨건만, 전 여전히 그러하지 못하고, 세 번 말하고 한 번 겨우 들으며 살고 있기에 첫 번째 잘못을 고백합니다.

[독서]

"수입의 1%를 책을 사는 데 투자하라고, 옷이 헤지면 입을 수 없어 버리지만 책은 시간이 지나도 위대한 진가를 품고 있다"고 가르쳐 주셨는데, 저 또한 머지않아 교단에 설 실습교생들에게는 그리 가르쳤으면서도 정작 제 자신은 책 사는 데 10% 할애하기는커녕 십일조도 하지 못하는 아주 부끄러운 신앙인이기에 게다가 여전히 의·식·주생활에 10%는커녕 100% 가까이 쓰는 알뜰·검약하지 못한 죄 두 번째로 고백합니다.

[노점상]

"노점상에서 물건을 살 때 깎지 말라. 그냥 돈을 주면 나태함을 키우지만 부르는 대로 주고 사면 희망과 건강을 사는 것이다"라고 일러주셨건만, 전 여전히 노점상에서도 물건 값을 깎고 덤으로 더 얹어달라고 떼썼던 것을 네 번째로 고백합니다.
　다만 연로하신 분들의 노점상은 그 무엇이건 간에 가능한 팔아줄려고 아니 꼭 팔아주었다고 덧붙여 고백합니다.

[웃음]

"웃는 연습을 생활화하라. 웃음은 만병의 예방약이며, 치료약이며, 노인을 젊게 하고 젊은이를 동자童子로 만든다"고 이르셨는데, 매일 매일 웃는 순간보다 찡그린 순간이 훨씬 많았음을 솔직히 고백합니다.

[TV (바보상자)]

"텔레비전과 많은 시간 동거하지 마라. 술에 취하면 정신을 잃고 마약에 취하면 이성을 잃지만, 텔레비전에 취하면 모든 게 마비된 바보가 된다"고 하셨지요?

아, 그러나 이젠 텔레비전에다 컴퓨터와 스마트폰에까지 취해, 눈 뜨는 순간부터 잠드는 순간까지 비몽사몽 취하여 있음을 어찌하면 좋을지 부끄럽게 고백합니다.

[성냄]

"화내는 사람이 언제나 손해를 본다. 화내는 사람은 자기를 죽이고 남을 죽이며, 아무도 가깝게 오지 않아서 외롭고 쓸쓸하다"고 하셨던가요?

네, 화낸다기보다 위한답시고 진심으로 바른 말 전해준 것이 오히려 상처가 되었을까요?

어느 듯 가까웠던 친구들조차 하나, 둘 자취를 감추며 멀어져 가고, 지도 조언이랍시라고 들려준 후배 동료들조차 쓴 소리로 들려서인지 한 발자국 멀어진 듯함을 느끼게 되니 울퉁불퉁 다듬어지지 못한 그 모난 성격을 고백합니다.

[기도]

"기도는 녹슨 쇳덩이도 녹이며, 천 년 암흑 동국의 어둠을 없애는 한줄기 빛이다. 주먹을 불끈 쥐기보다 두 손을 모으고 기도하는 자가 더 강하다"라고 일깨워주셨건만, 어찌하여 기도하는 순간, 시간은 그리 내기도 어렵고 귀한지?

주먹을 불끈 쥐기보다는 왜 허튼 시간을 보내고 있는 겐지?

왜 그리 세상사 잡다한 일에 관심을 모으고 시간을 할애하며 바쁘게 사는지?

기도 생활의 불성실함을 안타까운 마음 되어 진실로 진실로 고백합니다.

[이웃]

"이웃과 절대로 등지지 말라. 이웃은 나의 모습을 비추어보는 큰 거울이다. 이웃이 나를 마주할 때 외면하거나 미소를 보내지 않으면, 목욕하고 바르게 앉아 자신을 곰곰이 되돌아보아야 한다"고 말씀하셨건만, 새 사람 사귀기에 얼마나 많은 관심과 정을 기울여야 하는지 잘 알면서도, 익히 잘 알고 지냈던 이웃마저 기억 속에서 가물가물 멀어져 가도록 먼저 손 내밀지 않고 소식 전하지 않으며 무관심 일변도의 무성의를 고백합니다.

[사랑]

"머리와 입으로 하는 사랑에는 향기가 없다. 진정한 사랑은 이해·관용·포용·동화·자기 낮춤이 선행된다. 사랑이 머리에서 가슴으로 내려오는 데 70년이 걸렸다"라고 추기경님께서 고백하셨던가요?

그럼 제 사랑을 지금 어디쯤 머물러 있을까요?

아직도 입술에만 머물러 있는지…

조금 더 내려와 목구멍에 머물러 있는지…

가슴까지 와서 머물러 있는 것 같지 않아,

언제 가슴에 머물게 될지 도무지 알 수 없음을 고백합니다.

[멈춤]

"가끔은 칠흑 같은 어두운 방에서 자신을 돌아보라.

마음의 눈으로… 마음의 가슴으로… 주인공이 되어…

나는 누구인가… 어디서 왔나… 어디로 사나….

조급함이 사라지고 삶에 대한 여유로움이 생기나니…"라고 나지막한 울림으로 우리 곁에 오신 님, 지금 당장 죽을 것처럼 돌아다닌다고 살아생전 엄마의 나무람처럼 늘 바쁘다고 시간에 허덕이듯 얽매여, 자신을 차분히 돌아보기는커녕 수선스럽고 분주하기만 한 영혼 육신의 소유자임을 고백합니다.

이렇듯 저, 하나같이 추기경님의 덕목대로 살지 못해

그 죄 중함을 고백하오니 어찌하면 좋을까요?

"말, 독서, 노점상, 웃음, TV, 성냄, 기도, 이웃, 사랑, 멈춤"

봉두완 천주교 한민족돕기 회장이 김수환 추기경님과 30년 넘게 교분을 나누며 알게 된 평소 추기경님의 발언을 토대로 요약한 인생 덕목 10가지입니다.

오래된 교회당

허금행

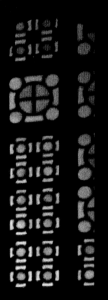

흐르던 소리 겹겹이 쌓여
침묵으로 머무는 시간을 위하여
눈부신 도시都市
직각直角의 모서리를 문지르며
밤을 지켜

흙 되어
다시 돌아가 만나고 싶어
아무 것도 아닌 것으로 가득한
어디 없는가 그대

산 위에 오래된 교회당 종탑 위로
쏟아지는 햇살 빛나는 산비둘기 떼 지어 날고
아침나절 장례차는 꽃 가득 싣고
검게 검게 모두 떠났네.
오후에는
오래된 교회당 하얀 문이 열리고
신부新婦가 꽃에 싸여 나오네.

어둠이 깔려 나는 떠나야 하네.
종소리 들리지 않는 곳에서
홀로 앉아 기다리는 그대 어디에 있나.

미사보의 신비

주민아

어느 날 미사 중에 성체성가를 부르는데 오른쪽 볼에 눈물 한 줄기가 주르르 흘렀다. 다음은 왼쪽 볼을 타고 눈물이 흐르더니 급기야 콧물도 나기 시작했다. 당황스러운 가운데 가방 안에 손수건도 화장지도 없다는 사실이 떠올랐다. 그날따라 사람들도 많았다. 그 짧은 순간, 이런 생각을 하는 중에도 눈물과 콧물이 하염없이 흘렀다. 그녀는 자신도 모르게 양쪽 귓가에 늘어진 미사보 끝자락을 잡고 눈물을 훔쳤다. 하얀 레이스 문양이 여린 눈가 피부를 살짝 스쳐갔다. 물처럼 흐르던 콧물도 자연스럽게 닦였다. 그런데 이게 끝이 아니었다. 주님의 기도를 부르면서도 연신 미사보 끝을 잡아야 했고, 파견 성가를 부를 때엔 급기야 성가책 오선지가 흐릿하게 보일 정도였다. 그렇다고 미사 중간에 나간다는 생각은 전혀 하지 않았다. 미사보 오른쪽 끝자락이 아니었다면 어쩔 수 없이 나가야 했을지도 모른다.

그렇게 미사가 끝나고 자리에 앉으니 온몸에 힘이 빠져서 일어나기가 힘들었다. 마침 기도를 하고 미사보를 벗어서 양쪽 끝을 삼각 끈처럼 접으려고 보니, 아까 눈물과 콧물을 머금었던 끝자락이 다 말라 있었고 주름 하나 없었다. 촉촉한 물기가 남아 있어야 했다. 레이스가 엉킨 자국도 있어야 했다. 그런데 미사보는 꺼낼 때 모습 그대로였다. 삼각형으로 접어 미사보 주머니에 넣으면서 또 눈물이 났다. 순간 통속가요 가사 같은 구절이 스쳤다. "내 눈물 아시는 당신!" 일어서서 불 꺼진 제대 뒤로 성체가 모셔진 곳을 바라보며 고개를 숙였다.

그 후로도 미사 중에 눈물이 흐르는 일은 가끔 있었다. 그럴 때마다 세례 성사를 받고 나오던 날, 대모님이 해주신 말씀을 기억하곤 했다. "세례 받고 저렇게 깡총깡총 뛰며 좋아하는 아이는 처음이야." 내가 알지 못하는 모습이었다. 한 가지 이유를 말하라면, 아마도 아름다운 미사보를 쓸 수 있게 되어 기쁜 마음에 그녀는 저도 모르게 토끼가 되었을 것이다. 그녀가 미처 깨닫지 못하는 의식 너머에서, 그녀를 아이처럼 즐겁게 만들고 성가를 부르며 눈물을 흘리게 만들다니! 이제 보니 미사보가 그녀의 마음을 들여다보는 거울이었고 '내 눈물 아시는 당신'을 만나는 징표였다.

주님의 기도

한정화

하늘에 계신 우리 아버지
아버지의 이름이 거룩히 빛나시며
아버지의 나라가 임하시며 아버지의 뜻이
하늘에서와 같이 땅에서도 이루어지소서.

주님의 기도를 드리는 순간이 오면
옆에 서 있는 사람에게 내 손을 내밀어
그 사람의 손을 잡는다.
어떤 사람이 내 옆에 있든 상관없이
그 기도를 드리는 순간에는 손을 꼭 잡는다.
그리고 잠시 후에 평화의 인사 때에 또 손을 잡는다.
가끔 손을 잡고 싶지 않은 사람 옆에서
미사를 보게 될 때도 있고
낯선 사람 옆에서 미사를 보게 될 때도 있지만
그 순간만은 주저하지 않고 손을 꼭 잡는다.

하느님의 뜻이 하늘에서와 같이 땅에서도
이루어지길 빌며
이어서 너도 나도 평화를 얻기를 빈다.

빛과 소금

: 김수환 추기경님 그리고 김대건 신부님 유해

임연수

김수환(스테파노) 추기경님 가까이서 뵈온 적이 벌써 14~15여 년 전의 일이다. 전주교구 내의 한센환자 집성촌이 있다.

그곳을 방문하셨던 김수환 추기경님께서 한센인촌 특수사목 신부님과 함께 오셔서 우리 성당에서 미사 드리신 일이 있었다. 그때 김수환 추기경님 가까이서 뵈었다. 우리 성당도 김대건 첫 사제, 바다에서 표류하다 처음 첫발 디디신 성지이므로 전국에서 순례객이 끊이지 않는다. 지금 전주교구 교구장이신 이병호 빈첸시오 주교님께서도 어린 시절 보내신 고향이시며, 사제 서품 받으셨으므로 '나바위' 출신 본당이다. 그러므로 사목방문이나 견진성사 또는 교구 사제단 연수 있으실 때 오시면 문화재인 아름다운 성지 곳곳을 각별히 살피시고 '나무는 역사'라시며, 특히 더 애정을 표명하신다. 옛날 이병호 주교님 어머님과 절친하셨던 연세 높으신 할머님들께선 이병호 주교님 소년시절 여담으로 화제의 꽃을 피우시고, 만면에 미소 가득 추억 속 회상으로 마냥 행복해하신다. 주교님 소년시절 소꼴 먹이러 나가서도 손에서 책을 놓지 않으셨다 하신다. 그 바쁜 와중에도 슬그머니 병환 중이신 할머니집 문병 다녀오시던 우리 주교님께서도 참 인간적이고 따뜻하신 분이셔서 나는 더 존경하고 감동했다. 우리나라의 첫 사제 첫발 디디신 성지이므로, 성인 김대건 신부님 유해 모신 성당이다. 김수환 추기경님께서도 유일하게 모시고 계셨던 김대건 사제 성인의 유해이시다 하

셨다. 너무도 검소하시고 청렴하셨던 추기경님 삶.

안경과 묵주와 성경, 불과 몇 점 안 되시는 소품들 뿐….

현 시대의 대한민국 가톨릭의 수장이셨던 김수환(스테파노) 추기경님과 전주교구 이병호(빈첸시오) 주교님, 그리고 현재 정진석 추기경님과 여러 주교님들의 모습을 뵈오니, '아! 하느님 섭리는 오묘하시다'라는 생각이 스친다.

김수환 추기경님께선 개인적으론 청빈·겸손이셨고, 사회적으로는 일치와 공동선의 지향이셨다.

청빈의 삶을 사실 때 오직 은총의 도구가 될 수 있다고 하셨다. 지난 세월 동안 가톨릭교회의 수장이실 뿐 아니라, 민족의 사제로서 소외되고 가난하고 힘없는 이들과 함께 나누시는 진정한 빛과 소금 군자이셨다. 세상을 위해 봉사하고 살기 좋은 세상을 만드는 것이 교회를 완성시키는 것이라 여기신 분이시다. 이 나라의 첫 사제 김대건 신부님 첫발 디디신 성지에서 혼배성사 받고 30여 년을 살게 된 나, 은총 속에 살았음을 또 깨닫게 된다. 그리고 김대건 성인 유해 모시고 계셨던 추기경님, 이 성지에서 사제되신 전주교구장 이병호 주교님과의 기념사진 한 장에의 묵상은 신비로움의 섭리인 듯, 또 다른 감동의 설레임으로 나를 이끈다.

낭보

: 첫사랑

임연수

그렁그렁 이슬 맺힌
애절한 눈을 외면한 채
식은 찻잔만 응시했다.

울음이 북받치는 듯 냉큼
일어서는 그의 등 뒤로
딜라일라 찾는 톰 존스가 절규했고
창밖의 바람소리 스치듯
처연함을 감추며
엷은 미소만 머금은 나

내 젊은 날의 시간 속 편린
그날 그의 눈물이 얹혀버린 듯
아픈 그리움의 옹이 되어
가슴 깊이 묻혀 있었다.
어떻게 구박해도 참아주던
그는 울었고 나는 웃었지만
지금은 그가 나를 울리고
옭아매어 떠나지 않는다.
회색빛 화로 속 정지된 숨
묻혀졌던 불씨 점화하듯
깊은 내면 속 일렁인다.

낭보朗報를 듣고 활짝 웃던 눈빛
우수 깊던 눈빛과 함께
되살아와 내 앞에 서성이는 듯
보낸 건 나지만
그는 떠나지 않았다.

김수환 추기경님.
해맑은 소년처럼 활짝 웃으시며
잰 걸음 총총하신 모습
무슨 낭보朗報이셨을까?
오롯이 한국 천주교회의 영광된
기쁜 소식이셨으리라.
저절로 흐뭇한 미소 함께 지어지며
나는 내 청춘의 아스라한 기억 속
추억을 떠올리며 또한,
기쁜 소식 사랑의 복음화로
아름다운 수채화를 그리듯
세상 곳곳의 어두운 그림자는
햇빛에 쬐어 움츠러들고
마음이 아픈 이들은 종달새처럼
청아한 노래를 들려주며
산비탈을 뛰어오르는 청노루처럼
활기 찬 달음질이며

사랑의 따뜻함이 유연한 강물처럼
잔잔히 흐르는 평온이며
허기진 영혼이 외줄 탄 피에로처럼
불안정한 급박함에서
자유로울 수 있으며
옹이진 앙가슴 봄바람에
풀어헤치듯 굳었던
마음의 빗장을 열며
얼음처럼 차갑던 가슴을
성령의 은혜로움으로
봄날 눈 녹듯 녹아내리며
하느님 손길만이 진정한
기쁨일 수 있는 우리들의 벅찬
감격의 기도와 흠숭을
빨간 단풍잎 노란 은행잎
가을엽서 한 장 곱게 적어
천국의 문,
우체통에 담겨질 희망을 품고
환하게 기뻐하실 미소를
그리워한다.

옹기 같은 사람

조이령

한국 천주교 역사에서 '옹기'는 특별합니다.
오래된 옹기의 뚜껑을 열어보면
십자가 문양이 그려진 게 있습니다.

무자비한 박해를 피해
산으로 숨어든 천주교 신자들이
옹기나 숯을 내다 팔며
생계를 유지하고
종교와 양심의 자유를 지켰던 것이지요.

그런 소망을 담아
제 아호도 '옹기'로 정한 것입니다.

서울에서 아주 가까운 곳.
경기도 하남시에 있는 구산성지에 가면
아주 곱게 채색된 돌멩이들을 볼 수 있습니다.
성지 교우들이 하나씩 둘씩
가마에 구워낸 것들입니다.
성지 뒷마당에 가면 가마터가 있고,
그 가마에 불길이 남아 연기가 솔솔 피어오르는
모습을 볼 때마다 거룩한 신앙생활을 위해
몸을 피해가며 옹기 구워서
이 동네 저 동네 전교 내지 기도생활하였던
우리의 옛 선조 교우들을 보는 듯합니다.
그리고 옹기, 질그릇에 대한 말씀을
수없이 많이 듣고 글로 만났습니다만,
정작 추기경님의 아호가 옹기라는 것을
알게 된 순간의 감동이

그 무엇보다도 크게 물결되어 일렁입니다.

옹기 같은 사람.
퍼내고 퍼내고 퍼내어도
향기 가득 고이는 사랑을 담은 사람.
퍼주고 퍼주고 퍼주었기에
또 가득 채울 수 있는 넉넉한 마음.

옹기, 도기, 자기, 도자기를 늘어놓고
누가 그 중에서 맘대로 하나 고르라고 하면
전 분명 고급스럽고 값이 많이 나갈 거 같은
도자기를 선뜻 고를 거 같습니다만,
어쩐지 투박하여 덜 매끄러운,
그러면서 손때 묻어도 그다지 조심스럽지 않은,
아니 손때 묻을수록 더욱 고태미가 나는,
그런 질흙으로 빚어진 옹기.
낮은 곳으로… 낮은 곳으로…
머물고 싶으셨던 추기경님의 온전한 사람 사랑이
듬뿍 베인 묵은 간장, 묵은 된장,
맛이 듬뿍 베인 그런 질그릇 옹기를
사랑하지 않을 수 없습니다.

저두 앞으로 더 추기경님의 아호 옹기,
질그릇에 담긴 곰삭은 사랑을
여기저기 사방팔방 건넬 수 있는 사람이
되고 싶습니다.

꿈

: 추기경님의 여섯 가지 선물

조이령

오늘 저희 학교에서는 재능잔치 한마당이 열렸습니다.

일 년 동안 갈고 닦은 그동안의 재능을 맘껏 펼치는 시간이었지요.

대강당 무대 한가운데에 아주 커다랗게 걸린 현수막 속에 또렷이 들어오는 글자, 바로 꿈이었습니다.

네, 자라나는 어린이들에게 그 무엇보다도 소중한 꿈 말입니다.

그런데 즈음에 또 놀란 것은
생전에 추기경님께선 자라나는 어린이들을 위한 글,
특히 여섯 가지 선물을 남겨주셨다는 것을 알고
더욱 머리 숙여 추앙하지 않을 수가~~~

그 중 첫 번째 선물: 너만의 꿈의 목표를 정하라.
두 번째 선물: 자신의 일에 최선을 다하라.
세 번째 선물: 나누고 더 많이 사랑하라.
네 번째 선물: 불의를 보면 정의로 맞서라.
다섯 번째 선물: 아끼고 검소한 생활을 하라.
여섯 번째 선물: 희망의 불길이 꺼지지 않도록 하라.

읽고 곱씹으며 되새길수록 얼마나 소중한 고마운 말씀인지요? 즈음 같이 자라나는 어린이들의 인성을 걱정하지 않는 어른들이 없기에 비일비재하게 불거져 드러나는 곱지 못한 눈살 찡그림, 듣기에도 거북하기 그지없는 어린이·청소년들이 연루된 사고·사건들을 대할 때마다 추기경님의 말씀을 듣고 가슴에 새기며 자라나는 어린이라면 도무지 그럴 리가 없을 거라는 확신이 섭니다.

다음 훈화 시간에는 우리 학교 어린이들에게 추기경님의 말씀을 들려주어야겠습니다.

꿈을 정하고, 그 꿈을 키우고 가꾸기 위해 최선을 다하며, 그런 나의 꿈도 나누고 사랑하며, 나쁘고 바르지 못한 길에는 의롭게 꿋꿋이 버티어 내고, 아끼고 절약하여 검소한 생활을 하며 비록 힘들고 어려운 길을 가게 되더라도, 오롯이 그 꿈을 향한 희망의 불길을 꺼뜨리지 않는 어린이들로 자라나게 말입니다.

한편 오늘 즐겁게 신나게 자랑스럽게 자기만의 기량을 맘껏 자랑하던 아이들의 눈빛과 몸동작 등을 보면서, 잠시 지난 제 어린 시절로 돌아가 많은 친구들 앞에서 무대 위에서 비록 떨리는 목소리였지만 "무대 아래 수많은 이들의 마음에 곱게 가 닿으면 참 좋겠다"라는 생각으로 노래 불렀던 모습을 잠시 떠올려 보았습니다.

그런데 그때 제 가슴에 콕 박힌 생각은 만약 만약에 앞으로 내가 노래 부르는 사람이 되어 다른 사람을 위해 노래 부르는 일이 있게 되더라도 결코 돈을 받는다는 등의 보상이 있는 무대에는 서진 않겠다고, 않을 거라는 생각을 하였는지, 살아가면서 생각해보았습니다.

아, 그것은 어쩌면 하느님이 그냥 주신 달란트를 굳이 상업화하여 지극히 자신의 이기적인 목적으로 사용하고 싶지 않다는, 그리고 어쩌면 그 어린 나이에 그런 행위를 작은 봉사라는 것에다 대입시킨 건지는 모르겠습니다만, 어른이 되어 성가단에서 봉사라는 이름으로 노래를 부르고 있는 자신을 스스로 돌아보면서 얼마나 감사하고 행복했는지요.

그러나 세상적 삶은 그런 행복도 잠시, 제 신체에서 제일 소중하고 귀한 목소리를 오랫동안 잃어버린 때가 있었습니다.

병원에서는 직업병이라고 하였지요.

성대 수술을 하고 꼬박 한 달 동안 수도원에서 수녀님들과 함께 생활하면서 그저 침묵·소침묵·대침묵이라는 침묵의 날들을 보내고, 그나마 잃어버린 목소리를 온전히 되찾진 못했지만, 그래도 심한 고통 속의 나날은 아닌 일상으로의 회귀 그 후, 무대에 서는 일은, 다른 사람들을 위해 노래 부르는 일은 사라지고 말았습니다.

아, 지금 가만히 돌아보니 그 고통 속에서도 그래도 주님의 주신 목소리로 할 수 있는 성가대 봉사의 끈을 놓치 않으려고 소프라노나 알토가 아닌 남성 합창단 베이스 파트를 맡아 성가대 합류하기도 하였지요.

그러다 결국 그 파트마저 할 수 없을 지경에 이르고…

아마도 제 일생에서 제일로 안타깝고 속상했던 때였을 거 같습니다.

그렇게 아프고 힘든 오랜 날들이 지나고, 지난 3년 동안 그다지 말을 많이 하지 않아도 되는 지금의 위치에 와 있는 즈음엔 아주 가끔씩 잃어버렸던 예전의 그 목소리가 조금씩 돌아오는 걸까요?

지난 9월 1일자로 새로 부임해 오신 학교장님께서는 자주 다른 분들 앞에서 "우리 조교감은 목소리도 예쁘고"라는 말씀을 자주 하십니다.

물론 그때마다 '정말 그런가?'라고 혼자 속으로 반문하기도 합니다만, 그래도 오래 전 그 고통 속에서 괴로워했던 목소리는 아닌 거 같기도 합니다.

하나를 얻으면 어느 덧 스르륵 하나를 잃어버리고, 또 하나를 잃어버린 듯하면, 언제 또 다른 하나를 얻게 되는, 그런 삶의 순환 궤도를 이렇게 다시 깨닫게 해주신 주 하느님, 감사하고 감사합니다.

추기경님의 살아생전에 그리도 좋아하셨던 애모를 한 번 불러드릴 수 있는 영광된 자리가 있었더라면 얼마나 좋았을까요?

그리고 다시 제게도 그 잃어버렸던 꿈을 되찾는 영광된 날이 돌아오겠지요?

당신이 그립습니다

조이령

우리나라 천주교회 첫 번째 추기경님이셨던
당신이 그립습니다.
수많은 주교님과 신부님들의 영적 아버지셨던
당신이 그립습니다.
수많은 수도자들의 영혼의 멘토셨던
당신이 그립습니다.
당신의 그늘 없는 소박하고 온유한 미소가 그립습니다.

21세기로 이어지는 세월동안
크고 작은 소용돌이 역사 속에서도
정의로움으로 의연하셨던 당신이 그립습니다.

"나를 밟고 가시오."
그 한 마디에 데모하던 학생들의 눈물로 점철된
1980년대 민주주의 회복의 싹을 틔우심에 있어
기꺼이 한몸 바쳐 지켜내신 당신이 그립습니다.

1984년 5월 6일 한국천주교회 200주년 기념 차
방한하신 교황 요한바오로 2세가 집전한
한국 103위 성인성녀 시성식 때의 큰 기쁨을
우리에게 덥석 안겨주셨던 당신이 그립습니다.

불과 몇 십 년 만에 세계경제 대국으로 우뚝 선 이 나라
온 국민의 정신적 지주이셨던 당신이 그립습니다.

마지막 가시는 순간까지 안구를 기증하심으로써
장기 기증 희망자가 두 배 이상으로 늘어나게 된
온몸 사랑을 실천하셨던 당신이 그립습니다.

선종 당시 약 1,000만 원의 통장 잔액에 선물로 산
묵주값 등
거의 잔고가 없었던 검약했던 진정한 수도자
당신이 그립습니다.

그리하여 전 국민으로부터 훌륭한 종교인을 뛰어넘어
존재 자체가 위안이며 사회의 우뚝 큰 어른으로서
'존경'이라는 최고의 찬사를 받은
당신이 그립습니다.

이렇듯 큰 족적을 남겨 놓고 떠나가신
김수환 스테파노 추기경님,
지금도 여전히 보고 싶습니다.
또, 늘 그리울 겁니다.

시대의 빛이시여! 사도의 올 곧은 지팡이시여!

임연수

어느 해이던가 명동성당 옆 가톨릭회관에 갈 일이 있었다. 명동성당 우뚝 선 위용에 겸허함의 마음으로 성전 안에서 잠시 짧은 기도 마치고 나와 가톨릭회관 입구에 이르자, 너무도 잘 알아볼 수 있는 전주교구 하얀 수염 신부님께서 좌정하시고 단식투쟁 중이셨다. 형제이신 두 분 신부님께선 정의구현사제단으로서 오직 어렵고 소외되고, 사회적 약자 편에서 정의의 목소리를 굽히지 않으셨고, 복음에 입각한 국가적 불합리성을 투쟁하신 분이셨다. 불교와 단합 오체투지도 하신 신부님이시다. 동생 신부님 오체투지하실 땐 내가 사는 가까운 지역 경유하실 시점에 찾아뵌 적 있었다. 울컥! 목이 메이고 눈물이 뜨겁게 솟구치고 가슴이 아렸다. "신부님, 이렇게 고생하셔서 어떡하세요?" 여쭈었더니 "다, 우리가 잘못 살아서이지…" 하시며, 해 맑으신 미소와 악수로 오히려 내 마음이 위로 받고, 따뜻해져 옴을 어찌하랴. 특유의 카리스마 넘치시는 모습과 또 다르신 온화함에 감화되고 더 마음 아팠다. 누가 감히 그 뜻을 위로할 수 있는 처지는 아니다. 고행의 낮은 길을 마치 자벌레 기어가듯, 온몸을 땅에 엎드렸다 일어서기를 반복하며 세포마다 살과 근육이 아우성치고, 뼈마디가 부딪치는 고통 속으로 내던지신 사제께서 대신 지신 십자가이시다. 다만 뜻을 함께 하고 마음을 살펴드리고자 너무도 미약한 성의일 뿐이리라. 그러한 시대적 올 곧은 모든 목소리의 집합체로써 비단 종교적만이 아닌 더 높은 경지적 차원을 넘어선 상징적인 주님 날개 밑 도피처 명동성당이었으리라.

프랑스 작가 빅토르 위고의 『노트르담의 꼽추』로 알려진 〈파리의 노트르담(Notre Dame de Paris)〉을 보면 집시 여인 에스메랄다가 노트르담 성당의 부주교 프로로에게 쫓기는 대목이 나온다. 성당의 종지기인 콰지모도는 에스메랄다를 성당 안으로 이끌어 그녀를 구한다. 서구에서는 중세 때부터 성당이나 교회가 삼한시대의 소도(蘇塗)나 그리스 로마의 어사일럼(asylum, 피난처)과 같은 역할을 했던 것으로 알려져 있다 한다. 하늘에 제사를 지내던 장소인 소도는 국가법의 힘도 미치지 못할 정도로 신성한 지역이었기 때문에, 죄인일지라도 일단 그곳으로 숨어들면 스스로 걸어 나오지 않는 한 그를 내쫓거나 잡아갈 수 없었던 지역이라 했다. 영화에선 명배우 '안소니 퀸'이 열연했던 꼽추 콰지모도와 집시 여인 에스메랄다가 피신했던 노트르담 성당 역시 그들에게는 으뜸 가는 안식처, 그야말로 소도가 아니었을까. 'sanctuary'는 특히 중세시대에 법률의 힘이 미치지 못했던 교회 등 사회적 약자의 '피신처(은신처)'를 가리키는 뜻도 갖고 있다 했다. 서울 명동성당은 한국의 소도 역할을 하는 곳이기도 했다. "너희와 모든 이를 위하여" 김수환 추기경님 사목표어로 삼으셨고, 모두를 공평히 사랑하시는 하느님의 눈으로 보시고, 약자의 눈물이 얼룩진 고해(苦海)의 홍수를 맞이하고자, 교회의 근엄한 빗장을 풀고 문을 활짝 여셨다. "교회는 이 세상 안에 있으면서도 이 세상에 온 것이 아니다" 하시며 세상 속에 하느님 구원의 복음을 전하지만, 또 세상에 속한 것이 아니라 하늘에 속해 있으면서도 중심은 언제나 사람의 존엄성을 옹호 하신 김수환 추기경님은 혼란과 격동의 시대를 항해하는 위대한 등대이셨다. 그 시절 불안정한 격동의 혼란 속에 쫓기는 가난하고 고통 받고 소외된 이들을 보듬어 안으신 인간 중심 인권운동의 휴머니스트이셨다. 위급함의 모퉁이에서 쫓기는 학생들의 안식처였던 명동성당 앞까지 공권력 투입의 위기 상황에 직면하자 "경찰이 들어오면 맨 앞에 나를 밟고 지나가고, 그 뒤에 신부들을 밟고, 그 뒤에 수녀들을 밟고, 그 뒤에 학생들을 밟으라"고 단호하게 막아서신 일화는 너무나도 유명하다. 농민운동과 양심수들을 옹호하는 인권운동에도 명동성당은 한국 격동기의 현대사, 민주화운동의 메카였다. 민주화운동이 격렬하던 시절 명동성당에서만 130여 차례 연 인원 6만여 명이 집회를 갖는 역사적 현장 성지로서의 존재였다. 김수환 추기경님께선 힘 없고 소외된 민중들의 지팡이로 굳건히 우뚝 서서서 자식들을 엄위하시는 가장으로서의 위엄과 따뜻함으로 아픈 마음을 어루만져 주셨다.

그리운 등불이시여!
천체의 별이 되신 성군이시여!
이 대한민국 사제들의 수장으로서 지팡이시여!
질곡 많았던 명동성당의 진실과 정의로 일관하신
목자의 지팡이시여!
당신의 양떼들을 올 곧은 방향으로 인도하시던
김수환 추기경님!
암담한 현실의 빛을 밝히려 앞장 서셨던
김수환 추기경님 사랑합니다.

분향

박찬현

하늘의 감송향甘松香으로
마음과 몸을 정화합니다.
혼탁한 영혼의 심안 씻어내고
맑음의 세계를 헤아리기 위하여
감송향에 우주를 헹굽니다.

첫 새벽 이슬이 풀잎 위에
영롱한 왕관을 얹어놓듯이
우주의 시작은 맑음입니다.
탁함이 들어차지 않은 순수
진실을 사랑하시는 분입니다.

오염되지 않은 하얀 옷 입고
오염된 사념들을 씻어낸
그 청아함으로 두 손 올려
그분은 기도하는 향기를
사랑하며 온전하게 듣습니다.

역거움을 싫어하시는 분
선한 어린양의 희생과
날마다 보속하는 산 제물
그 예물을 미쁘게 받아주십니다.

그래서 우리도
날마다 자신의 흰옷을 더 하얗게
세탁하고 있습니다.
영혼이 썩지 않는 분향을 합니다.

이렇게 기억합니다

조이령

당신이 우리들 곁을 떠나시자, 「한국 최초의 주교 선종」이라는 제목의 기사에 "김 추기경은 군부독재에 저항하며 한국 민주주의의 발전을 위해 헌신한 대표적인 인물이자 동아시아 첫 번째 추기경이었다"라고 먼 나라 사람들이 기억합니다. (AP통신)

"그는 항상 억압받고 소외된 이들에게 지대한 관심을 표명하며 정치적 억압에 대한 의견 표명을 망설이지 않은 사람이었다"라고 딴 나라 사람들이 기억합니다. (로이터통신)

"250만 한국 가톨릭 신자의 리더로서 한국의 정신적 지도자로서 가톨릭교인이 아닌 사람들에게서도 존경받았던 인물이라고 기억합니다"라고 역시 딴 나라 사람들이 기억합니다. (AFP통신)

교회가 공동선을 이룩하려면 불의와의 타협을 거부해야 한다고 한 그의 사상은 유신체제 아래에서 탄압을 당하던 민주화 인사들의 인권을 위해 정의 회복을 위해 쓰여졌다고 기억합니다.

1987년 천주교 대교구에 빈민사목위원회를 두고 재임 기간 중 150개나 되는 복지기관을 설립하는 등 어려운 사람들을 위한 삶을 몸소 실천하신 분이셨음을 우리는 또렷이 기억합니다.

그리하여 살아생전 「너희와 모든 이를 위하여」라는 사목 표어를 철저히 실천해 온 참 신앙인이었음을 우리 모두 기억합니다.
"고맙습니다. 서로 사랑하세요"라는 마지막 남기신 말씀과 유지를 되살려 후인들이 만든 '바보의 나눔재단'을 통해 영원히 기억하겠습니다.

목마르다

빛, 한 줄기

: 사제의 손

임연수

어둠속 가치 혼란,
죄악이 꿈틀거리는
발 밑 욕망의 늪은

탁하고 끈적끈적한 어혈이 질펀하다.

빛, 한 줄기

거대하고 검은 장벽 버티어도
휘어짐도 끊어짐도 없다.
굴절되지 않고 꽂혔다.
오직 강직하고 투명한
은광의 비수 번뜩이며
교만의 두개골 속
심연의 양심 한복판에

신성한 신의 처방으로
참회의 눈물 콸콸 흘러 씻기운
맑은 영혼이여
하얀 깃털 비상하며
부활하리.

성직의 부르심에
기름 부어 축성 받으신
사제의 손으로
순백의 너울인 듯
은총의 파장인 듯
성령의 빛
축성이시여.

일치를 이루는 거룩한 잔치

김명훈

윈스턴 처칠은 "태도는 작지만 큰 결과를 만든다"고 말한 바 있다. 긍정적인 생각은 작은 싹이라도 건강하게 자라게 하여 좋은 결실을 맺게 하지만 부정적인 마음은 자신의 에너지를 제한하고 다른 사람과의 관계를 단절시킨다.『마음전쟁 끝내기』의 저자 조이스 마이너는 "긍정적인 마음가짐을 가진 사람은 아무리 낙심되는 상황에서도 숨은 가능성을 볼 줄 알지만 부정적인 사람은 언제나 문제와 한계만을 지적하여 일이 발전적으로 진행되는 것을 막는다"고 말한다.

하느님과 일치를 이루는 삶은 매일의 생활에서 긍정이 드러나는 삶이다. 김수환 추기경님께서는 자신을 낮추면 평화가 온다고 말씀하신 바 있다. 긍정의 삶은 자신의 죄를 참회하고 자신을 낮추어 공동체와 일치를 이루는 삶이다. 가톨릭 신앙에서 이는 근본적으로 미사전례에 참여함으로써 가능한 것이다. 사랑을 베푸시는 하느님과 은총을 내리는 그리스도와 일치를 이루는 성령이 함께하는 미사는 주님의 몸은 내안에 받아 모심으로써 주님과 하나가 되는 거룩하고 기쁨이 넘치는 잔치이다. 또한 공동체와의 일치를 방해하는 내 죄를 참회하고 평화를 함께 나눔으로써 하느님 나라에서의 진정한 공동체를 이루는 시간이기도 하다. 즉, 하느님의 빛이 되는 삶을 갈구하며 약속하는 의식인 것이다.

요한복음에서 예수께서 "누구든지 나를 사랑하면 내 말을 지킬 것이다. 그러면 내 아버지께서 그를 사랑하시고, 우리가 그에게 가서 그와 함께 살 것이다"(23절)라고 하셨고, "세상에 당신을 드러내지 않고 믿는 사람을 통해서 자신을 드러내 보이신다"(21절)고 하였다. 미사는 하느님의 말씀을 깨닫는 시간이며, 하느님의 영을 내안에 모셔 내 자신이 존재함이 하느님의 영과 일치되는 과정이다. 하느님의 말씀을 위임받아 자녀로 사는 길을 알게 되는 통로인 것이다.

긍정의 삶은 자신을 온전히 주님께 맡기는 삶이며, 이는 미사를 통해 단련된다. 죄와 유혹에 나약한 인간은 미사를 통해 일치의 경험을 지속하는 단련을 통해서만 이성의 오류를 이겨낼 수 있는 것이다.

최근 '마음의 근육'이라는 단어가 등장했다. 심리적인 회복탄력성을 설명하는 심리학적 용어이다. 근육이 발달하면 그 탄력성으로 힘든 일을 잘 감당할 수 있듯이 마음이 단련되면 역경을 잘 이겨낼 수 있고, 또한 마음의 상처에 대한 아픔도 그만큼 쉽게 치유될 수 있다는 것이다. 마치 바이올린 연주기법이 좋아질수록 연주 자세에 신체가 단련되고 적응하여 반복적인 훈련을 지루해하지 않고 오랜 시간 연주할 수 있는 끈기가 생긴다는 '아이작 스턴' 이론과에 비유할 수도 있겠다. 궁극적인 긍정의 삶은 하느님과의 일치를 바탕으로 회복탄력성을 단련할 때 누릴 수 있는 축복이다.

김수환 추기경님과 마더 데레사 수녀님의 만남

김명훈

인간은 만남을 통해 알게 되는 많은 사람들을 가슴에 품고 산다. 사랑하는 사람과 가족의 자리가 가장 클 것이다. 알퐁스 데켄이 말한 것처럼 나도 다른 사람의 가슴속에 자리잡고 그의 일부로 그와 함께 살아가고 있다. 그 모양새는 상호관계의 변화에 따라 끊임없이 달라진다. 내가 존경하는 분들도 나의 일부로 내 가슴속에서 나와 함께 살아간다. 가슴속 한 켠에 보일 듯 말 듯 존재하고 있지만 가끔 꺼내보며 깊은 성찰의 대화를 나누곤 다시 고이 간직한다. 그런 성찰의 대화를 통해 나를 내가 존경하는 그분의 일부로 다져간다. 어떤 사람을 존경한다는 것은 그렇게 그분과 닮은 사람이 되어 가는 것이다.

김수환 추기경님께서도 마더 데레사 수녀님에 대한 존경심이 각별하셨던 것 같다. 마더 데레사 수녀님께서는 돌봄의 손길이 닿지 않는 병든 사람들과 죽어가는 사람들을 직접 돌보는 일에 평생을 헌신하셨고, 주옥같은 신앙적 교훈을 주셨으니, 전 세계의 모든 성직자와 수도자들에게도 소중한 귀감이 되는 분이리라 생각한다.

마더 데레사 수녀님은 자신을 '하느님의 손에 쥐어진 몽당연필'이라고 말하곤 했다. 조금 힘을 주다 쓰려다 보면 곧잘 부러지고 깎고 다듬어야만 쓸 수 있는 몽당연필에 비유한 것이다.

평생을 병들고 가난한 사람들을 그리스도로 여기며 돌보던 마더 데레사 수녀님의 일생을 잘 드러내고 있는 말이다. 늘 손발이 부르트고 헤진 신발을 신고 사방을 누비며 분주하게 아픈 이들을 돌보는 모습이 마더 데레사 수녀님을 생각하면 연상되는 모습이다. 늘 자신을 낮추며 소탈하게 살다 가신 김수환 추기경님과 닮은 점이 참으로 많다는 느낌이다. 두 분에 대하여 종교를 초월해서 많은 사람들이 존경심을 갖게 되는 이유이기도 하다. 두 분께서 평생 동안 가장 강조한 말은 '사랑'이다.

성 어거스틴의 말에 의하면 사랑은 남을 돕는 손에 있다고, 가난한 자와 필요한 자에게 얼른 달려가는 발에 있다고, 불행과 결핍을 보는 눈에 있다고, 그리고 사람들의 한숨과 슬픔을 듣는 귀에 있다고 한다.

마더 데레사 수녀님과 김수환 추기경님은 이러한 사랑을 평생 동안 그리고 진정으로 실천한 분들이다. 두 분은 모두 이미 고인이 되었으나 나의 마음속에서 영원히 나와함께 살아갈 분들이다.

굶주림은 먹을 것에 대한 굶주림만을 뜻하는 것이 아닙니다.
헐벗음은 옷을 걸치지 못한 헐벗음만을 뜻하는 것도 아닙니다.
사랑에 대한 굶주림과 인간 존엄성이 벗겨진 상태의 헐벗음이야말로 현대를 사는 우리가 걱정해야 할 중요한 과제입니다.

(마더 데레사, 1981년 5월 4일 서강대에서)

사랑하는 나의 당신

조성범

담대하게 한평생을 살아가셨습니다.
한 인간이 살아가면서 뼈에 사무치게
그리움을 안고 어떡해 살아낼 수 있을까.

종교의 천 길 벽도 유일신앙의 절규도
민족의 삶과 눈물, 분단 앞에서 외골수로
흐르지 않으시고, 중도中道를 지켜낼 수 있을까.

애틋한 맘을 찾아 한길을 그대로
주님의 애절한 눈빛을 쫓아 한눈팔지 않고
사랑 하나로 똑바로 서서 갈 수 있을까.

군사독재의 폭력 앞에 쓰러져가는
민초의 핏빛 영혼을
천주의 옷으로 감싸주시며
주님의 너그러운 목소리 품을 수 있을까.

이 땅의 숨소리를 밤새 들으시며
속눈물이 마르고 닳도록
얼마나 담아내고 길으셨나.
나 홀로 무릎 꿇고 남몰래 얼마나 흘렸을까.

직장에서 내몰리고 잘리고 뺨 맞고 얻어터져
온몸이 상처투성이인 오갈 데 없는 몸뚱아리
눈이 부은 사람을 끌어안고 애통해하셨을까.

황금이 전부인 썩어문드러진 혹한의 세상에서
자본의 노예로 살아가는 아들의 손을 잡고
사람의 사랑을 찾아라 말하며 마르셨을까.

하루살이 인생들, 노점상, 부랑배, 무허가 주택이
자기 내장처럼 터져 피를 토하는
민초의 눈물을 닦아주며
한시도 하루도 눈물 멈출 날이 없었다.

민초의 등짐을 지시고 한 걸음도 멈춤 없이
빨간 불을 키시고 칠흑의 밤에 달동네를 넘으시고
낮은 민초의 지붕에 기대어 얼마나 밤을 지새웠을까.

당신이 떠나시니 왜 이리 보고 싶은지 으스름달밤을
자주 설치고 보고픔에 가슴이 저리고 아리답니다.
땅이 복받치니 사랑하는 당신이 더 보고 싶습니다.

당신이 그토록 보고 싶어 했던
해 뜨는 아침은 아직 멀었지만
이 어둠이 눈을 감으면,
당신의 눈빛이 빛이 되어 켜질 테니
언 땅에도 갈 길이 있습니다.

툰드라의 눈바람이 춥습니다.
그만 걱정하시고 편히 쉬셔요.

성체를 모시는 삶

김명훈

나의 몸은 그리스도의 집
내 안에 성체를 모심은
주님의 사랑을 청함이요
주님과의 일치를 이룸이다.

나의 이성은 부실한 아집이요
나의 동기는 욕심으로 가득 차
죄를 잉태하고
관계에 가시 돋게 하니

주님과 일치함은
주님이 의지를 바로 알고
주님의 사랑을 내 안에 채움이며
나의 삶을 주님께 온전히 맡김이다.

나의 죄를 참회하고
공동체와 일치를 이루며
주님의 향기를 가득 담아
세상의 빛이 됨이다.

나의 말과 행실은
그리스도를 드러냄이니
세상을 주님의 나라로 잇는
통로가 됨이다.

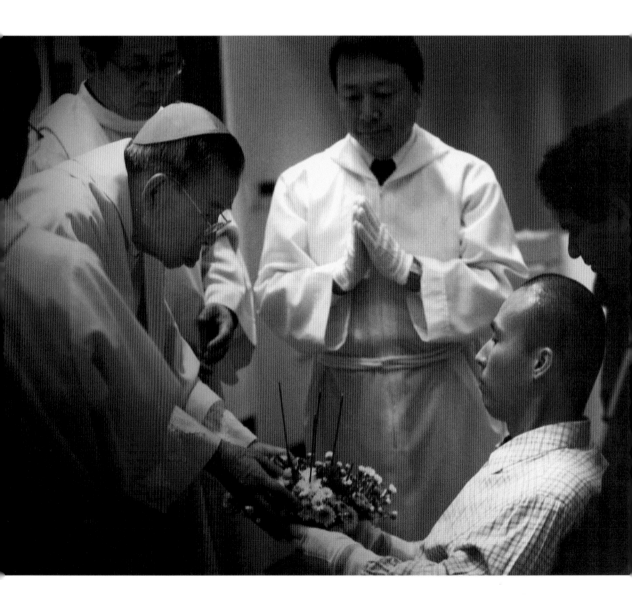

추기경님의 가슴속에 담긴 사랑

김명훈

추기경님께서 꽃을 선사하며 위로하는 모습은 평상시 추기경님의 활동과는 좀 색다른 느낌이다. 누구나 꽃에는 호감을 갖기 마련이니 꽃은 주는 사람이나 받는 사람 모두에게 마음이 즐거운 일인 것 같다. 꽃은 자연이 품어내는 가장 아름다운 색으로 장식하고 향기에 마음까지 움직이게 하기 때문이다. 그래서 사람들은 꽃을 보며 아름다운 꽃말을 지어서 그 아름다움을 특별히 간직하고 싶어하고, 좋은 일이 있을 때나 고마움을 전할 때, 꽃을 빌어 마음을 대신하기도 한다. 사랑하는 연인에게 프러포즈를 할 때도 사랑하는 사람이 죽어서 천국에서의 영생을 기원할 때도 꽃을 통해 그 간절함을 전한다.

대학 후배인 가수 안치환이 부른 〈사람이 꽃보다 아름다워〉라는 노래가 생각난다. 지독한 외로움에 쩔쩔매본 사람은 사람이 꽃보다 아름답다는 것을 알게 된다는, 그리고 노래의 온기를 품고 사는 삶이 참사랑이라는 가사가 인상적이다. 어려움에 처한 사람일수록 사랑과 보살핌이 간절하며 노래의 온기처럼 사람의 향기를 가까이 싶어한다는 뜻으로 이해된다.

이 노래를 들을 적마다 '나는 과연 누구에게 꽃이 되는 사람인가?' 하는 생각이 든다. 꽃이 될 수 있는 사람은 가슴속에 사랑을 품고 있는 사람이다. 그 사랑이 한 사람을 향하고 있다면 그 사랑이 향하고 있는 그 사람에게 꽃이 될 것이요, 누구에게라도 사랑을 품고 있다면 그 누구에게라도 꽃이 되는 사람이다. 추기경님은 당신께서 평생 가장 많이 언급한 말이 '사랑'이라고 말씀하셨다.

나무가 따뜻한 햇살을 받으며 자라듯 가슴속에서 크는 사랑은 따뜻한 사랑을 머금으며 커간다. 추기경님의 가슴에 진정한 사랑의 싹을 틔워주신 분은 추기경님의 어머니였다. 당신의 어머니께서는 평생 동안 추기경님께 성령을 느끼며 살게 하신 울타리가 되신 분이다. 그분의 깊고 큰 사랑은 추기경님께서 사제품을 받고 첫 부임지로 떠나던 날 추기경님의 손에 들려준 작은 보따리에 담겨 있었다. 어머니는 사제수품 선물이라며 작은 보따리를 하나 건네면서 힘들고 어려운 일이 있을 때 풀어보라고 하셨다. 안동본당에서 사제로 맞이한 첫날 저녁에 그 선물 보따리를 풀어보고 추기경님은 목이 메어 한참을 울었다. 그 보따리 안에는 추기경님이 세상에 태어나서 처음 입었던 적에 배냇저고리들과 곱게 개어 있었고 정성스럽게 적은 편지 한 장이 있었다. 그 편지에는 "사랑하는 막내 신부님, 당신은 원래 이렇게 작은 사람이었음을 기억하십시오"라고 적혀 있었다. 추기경님께서 평생 자신을 낮추어 모든 이들을 가슴속에 품을 수 있었던 큰 사랑이 어머니로 받은 사랑의 씨앗에서 움튼 것임을 깊이 알게 된다.

그토록 추기경님을 사랑하셨던 어머니는 일흔둘의 연세로 추기경님의 무릎에 누워 눈을 감으셨다. 추기경님의 어머니께서는 돌아가시는 날 당신 방에 걸려 있던 십자가를 떼어 손에 들고 10여 분을 힘겹게 걸어 성로신공을 바치고 집으로 오셔서 저녁식사까지 잘 드시고 임종하셨다. 하느님의 부르심을 들으셨던 모양이다. 하느님의 부르심에는 죽음마저도 담담하게 받아들이고 준비하신 모습에서 오롯이 신앙 안에 살다 가신 분임을 절실히 느끼게 된다. 대구가 고향인 추기경님의 어머니 서중하 마르티나는 그렇게 막내아들을 사제로 만들어 널리 하느님의 향기를 전하게 하신 참사랑의 씨앗이 되셨다.

어머니의 미사보

허금행

추억할 수 있는 그 그윽하고도 정겨운 두 사람의 이야기는 언제나 나 스스로를 다스리게 한다. 가을의 들에 하얀 들국화가 가득하다. 바람에 눕기도 하고 가을 햇살에 게으름을 피우면서도 저물어가는 희망의 시간을 지키는 몸짓으로 흰색의 도도함을 향기롭게 피어내고 있다. 내 지상의 희망은 어디쯤에서 문 닫게 되는 것일까?

할머니는 많은 것을 하루하루 생활에서 몸소 보여주셨다. 가장 기억나는 어느 저녁의 한 토막 단막극 같았던 이 일은 따스한 등잔불 같은 것이었다. 지금처럼 늦가을, 농사일이 거의 끝난 어느 날, 나는 잠에서 깨어났다. 할머니가 울고 계셨기 때문이다. 할머니가 울다니? 할머니는 조금 무서웠다. 여름이면 논에서 일하는 일군들에게 줄 곁두리를 머리에 이고 밭이랑을 걸어가시는 할머니를 뒤따르고 있던 나. 손에는 막걸리 주전자를 들고서 들꽃과 메뚜기에 한눈을 팔며 걷다가 주전자 주둥이로 찔끔 막걸리를 쏟기 일쑤였다. 그리고 멍석을 펴고 일군들이 둘러앉았을 때 주전자에서 막걸리가 많이 줄어든 것을 아시고, 그렇게 당당한 여장부 할머니가 왜 우실까? 어린 나는 일어나 앉으며 "할머니! 왜 울어? 슬퍼?" 하고 물었다. 할머니께서 이렇게 대답하셨다. "채영신이 죽었어. 동혁이와 그렇게도 사랑하더니만…" 하시는 것이 아닌가? 할머니는 심훈의 『상록수』를 읽고 계셨던 것이었다. 얼마나 멋진 일인가? 그 옛날 농촌에서 시간을 쪼개가며 책을 읽으시던 나의 할머니는 이 세상 어느 할머니보다도 멋지고 자랑스럽다.

살아 있는 동안 끝없이 내 희망의 불씨를 꺼지지 않도록 지켜 주시던 어머니의 모습은 기도였다. 하얀 면사포를 쓰시고 성당 한 켠에서 고개 숙이고 앉아계시던 어머니는 오늘 나에게 있어서 저 흰 들국화의 들녘에 머무는 끝없는 속삭임이다. 유교 집안의 큰며느리로 할머니와 함께 집안의 큰일을 도맡으셨던 어머니는 제사음식을 때마다 준비해야 하는 동안, 외삼촌으로부터 천주교를 전도받게 되어 진실한 신자가 되셨다. 내가 기억하기에도 제사가 있는 날이면 빨랫줄까지 걷어 내시는 할머니의 조상 모심의 본보기를 외면하면 안 될뿐더러 천주교인으로 힘들어하셨다. 어느 날 수녀님과 어머니께서 대화하시는 것을 들었는데 부모를 공경하는 것은 중요한 가르침이기 때문에 마음으로 유교를 따르지 않으면 제사음식을 차리는 것이 문제가 되지 않는다는 내용이었다. 그리고 성당으로 향하시는 새벽길도 마음 편하지 않으셨지만, 어머니는 더욱 절실하게 집안 어른들과 자식들을 위해 끊임없는 기도로 많은 어려움을 이겨내셨다.

이제 할머니가 돌아가신 지는 오래 되었다. 어려운 일을 척척 해결해 나가시던 슬기롭고 부지런한 할머니의 모습을 닮아 가시며 이제 나의 어머니는 나이 구십이 되셔서 백발의 노인이시지만, 거룩한 천사의 음성을 내게 전해주신 젊어서의 어머니 모습이 하나도 구겨지지 않았다. 나는 하얀 미사보를 쓰시고 내 곁에 앉아 계시던 아름다운 어머니 때문에 하얀 들국화의 더미진 가을 들길에서 어머니의 미사보를 보고 있다. 그리고 세상을 향해 겸손하고 고개 숙인 마음으로 희고 맑고 밝은 빛이 되어야 한다는 기도의 메시지를 보이셨는데도, 지금 나는 그렇게 살아가지 못하는 스스로를 부끄럽게 생각하며 또다시 가을 깊은 곳으로 걸어들어간다. 하얗게 핀 들국화가 어머니의 미사보처럼 눈부시게 보이는 늦가을의 햇살을 받는 일은 축복이다.

할머니와 어머니를 기억하는 오늘은 나의 자식들과 손자에게 내가 어떠한 어머니, 어떠한 할머니의 모습으로 기억될까 하는 것이 두렵기도 하고 행복하기도 하다.

자비

박찬현

사람의 외형은 모두 다릅니다.

그것도 아주 많이 다르다 하겠지요.

그래서 "사람의 외형으로 판단하지 마십시오"라는 글귀도 심심찮게 읽기도 합니다.

이러한 숙어가 떠돌 정도면 외형으로 판단하는 문제가 사람들 사이에서 어둠으로 존재하는 것이라고 보아도 될 것입니다.

사람의 육신은 뇌에서 오는 질병을 앓게 되면 몸의 형태도 변하고 언어능력도 떨어지고 변별능력도 저하됩니다. 그리고 이 질병의 소유자들은 사회생활에 완벽하게 적응해 살기도 어렵습니다.

물론 "사람을 외형으로 판단하지 마십시오"라는 숙어는 빈부의 격차라든가 배움의 차이를 두고 하는 말이기도 하며 그것이 더 합당한 말이겠지요. 이 점은 어느 사회에서나 대두되는 문제이므로 한 쪽 귀를 통과해 다른 귀로 빠져나가는 유일한 숙어일 것입니다.

그러나 질병으로 인해 생겨난 후천적인 병력인 이것은 봉사의 손길도 의당 필요한 요소이기도 합니다.

1980년대 제가 소속한 본당 봉사단체에서 어느 신학교 학사님의 모친께서 편찮으시다는 전갈을 듣고 집안 방문을 했습니다. 비탈진 언덕을 숨 가쁘게 오르고 좁은 골목을 비집고 이리저리 돌아서 도착한 곳은 하늘과 마주한 언덕이었습니다. 일렬횡대로 줄 선 집들은 하나같이 대문은 한 개뿐이고 현관으로 보이는 작은 출입문들은 어느 곳이 하나의 집이라는 것을 구분 짓고 있었습니다. 그러한 그 문을 열고 들어가 보니 부엌 겸 다용도의 세척실인 곳과 단 한 칸의 방이 이부자리와 세간살이들을 소중하게 틀어 안고 있는 곳이었다. 그 벽면에 아주 작은 창문 하나가 하늘의 모습을 구경시켜 주더군요.

그러한 모습을 한 집안에 몇 명이 비좁게 앉아서 가정 방문 기도를 해드리고 금방 돌아 나왔습니다. 환자가 집에 없었기에…. 이웃의 설명을 들으니 "너무 많이 아파서 병원엘 모셔갔었는데 '영양실조'라고 하여 링거를 맞고 올 것이다"라는 말이었습니다.

그 후 얼마 안 있어 재개발공사로 인해, 그곳은 무허가 건물들이어서 세상 밖으로 내몰리게 되었습니다. 그렇게 하늘 아래 기댈 곳 없이 빠져나온 그곳 사람들은, 또 다른 하늘 아래로 전전긍긍하고 있을 테지요.

서울시에서 운영하는 지체장애자 재활소를 찾아갔을 때입니다. 그곳에서 하늘 아래 살던 일부 주민들을 만나게 되었습니다.

그들은 삶의 지극한 스트레스로 인해 뇌출혈이 생겨 일종의 중풍인 뇌졸중을 앓고들 계셨습니다.

삶에서 오는 이겨낼 수 없는 스트레스는 불가항력의 힘일 것입니다. 그들의 슬프고 아린 고충을 심층적으로 이해하고 들어주고 보듬어주는 사회가 필요한 것이지만 세상은 저 혼자 불어 다니는 바람과도 같습니다.

하여, 우리는 사람의 모습을, 삶의 외형으로 단순하게 판단하지 말고 그리스도의 사랑을 실천하는 이 시대의 선교자로 가슴 따뜻하게 살아갔으면 참 좋겠습니다.

추기경님께서 하신 말씀이 있지 않습니까.

"서로 사랑하십시오." 이 말씀이 곧 '자비'입니다.

가난한 침상

허금행

양로원의 스웨터

나는 오늘 치매에 관해 이야기하려는 것이 아니다.

잊혀짐과 버려짐에서 쓰고 싶을 뿐이다.

햇살자락 끌고 아침이 거닐고 있을 때

혹은 코스모스 가득한 기차역에서 기다리던 사람들 모두 태우고 떠나갈 때

의자 저쪽에서 삐걱이는 소리

주판에서 꺼낼 수 있는 엽전만한 추억

상수리나무에서 건너온 유년의 참새총
버들피리 함께 앓던 오선지의 떨림

그대가 나를 아주 잊었다고 생각해보았다.
언젠가 넌지시 놓고 간 마지막 기별처럼 이제는 비어 있는 뜰에
내 것일 수 없는 내일, 검은 옷자락이 쓰러진다.
구멍 난 스웨터를 뚫으며 들려오는 바람소리
버려진 가난한 나의 침상에

내가 그대를 잊기 전에 나를 버린 이 세상 끝에 밤이 오고 있다.

플러싱의 한 양로원에는 한인노인들이 많이 계셨고, 주일마다 남편과 나는 그곳에서 예배를 드렸다. 몇 년 동안 나는 많은 것을 생각할 수 있었고, 또 생각도 변했다. 죽기 전에 어떤 모습일 수 있는가…. 치매로, 깊은 병환으로, 중풍으로 움직이기 힘들게 된 어르신들을 먼 산 쳐다보듯 할 수 없었던 것은 마지막 길에 중요한 것은 없는 믿음을 생기게 하여 소망을 주고, 믿음이 있는 사람들을 붙들어 더욱 굳건히 해야 한다는 남편 생각이었다. 간간히 사람들이 찾아와 찬양도 해주었다. 식당에서 식탁과 의자를 한곳으로 치우고 예배를 보았기 때문에 더러는 그 일을 도와주는 청년들도 있었고, 꽃을 보내주는 친구도 있었다.

잊을 수 없는 어르신 몇 분이 계시다. 한 분은 앞을 못 보게 되어 양로원에 계셨는데, 식당 바로 옆방에서 소일거리인 텔레비전도 볼 수 없으니 늘 침대에 누워계셨다. 내가 "같이 예배 보세요" 하고 방안으로 들어서면 돌아누우셨다. 그렇게 누워서 찬송과 설교와 성경 말씀을 들으신 지 3년이 지나고, 예배에 참석하고 싶다고 간호사에게 요청한 후 세례를 받으셨다. 어느 예쁜 할머니는 나만 보면 "언니, 어디 갔었어" 하고 매달리고 내가 양로원을 나서면 가지 말라고 우셨다. 내가 그분의 언니를 닮았던 모양이지만 나는 그 눈빛에서 넘치는 그리움을 보았고, 뿌리치기 어려운 쓸쓸함으로 눈물겨웠다. 생일잔치를 하는 첫 주일이면 내가 만들어 간 생일축하 케이크에 촛불을 잔뜩 켜고, 손뼉 치며 생일축하노래를 부르는데, 표정 없던 치매의 어르신 눈에서 흐르는 두 줄기 눈물을 바라보며 목이 메어오기도 했다.

우리가 이사 오면서 마지막 예배를 본 후, 한 분씩 안아드리고 떠나던 날은 비가 몹시 내리고 있었다. 많은 어르신들이 우리를 배웅했다. 양로원은 한 분이 떠나시면 차례를 기다리던 다른 어르신이 그 자리에 들어오신다. 치매로 아들딸도 못 알아보시지만 찬송을 부를 때는 가사를 다 기억해서 함께 부르시는 분도 여럿 있었다. 이제 우리와 함께 시간을 보내던 많은 분들이 세상을 떠나고 그 자리를 다른 분들이 메꾸고 있을 가난한 침상을 기억하며 오늘 그리움의 시를 쓴다.

[양로원으로가는길]

검은잇몸으로오늘의알곡을씹는다부서지는것은나인가그대인가끊어지며돌아눕는시간의매듭속으로묶인소리가잠겨진눈안에서젖는다잃어버린것들이젖는다돌아가는길은이미사라지고그곳으로가는길도낯설어허연그림자흔들려혼자서지나온마을너머로가득한갈대숲에아픔이둥지를튼다우뚝선문이손잡이없이닫히고열리며유리벽이추위에떨고있다나도그대도떨고있다

성부, 성자, 성령의 하얀 손

조성범

하늘에 계신 아버지가 하얀 손으로 내려오십니다.
땅바닥을 걷고 있는 인간의 욕심과 이기로 범벅이 된
세상 사람들의 머리 위로 성령의 손길이 내립니다.

거친 세상살이에 육신의 몸은 힘들대로 힘들고
맘의 고향은 순수가 달아나고 있습니다.
정신의 핏빛 여운은 안식을 찾지 못하고 헤매고 있다.

생명의 숨을 감당하고
대지의 향기로운 땅 빛을 안기 시작하며
태어나 한평생을 뭔지도 모르고 달려가는,
앞 사람 따라 정신없이 뜀박질한 여생의 핏 돌기이다.

엄마 손을 잡고 시장을 가고 골목길을 누비면서
조그마한 키 높이에서 보여지는 거대한 세상의 모습은
키가 크며 눈이 하늘로 올라갈수록 맘은 땅으로 달린다.

초등학교에 엄마손, 아빠손에 이끌려 넓은 운동장에서
커다란 강당에 줄 맞추어 서 있다가 예쁜 치마를 입은
엄마보다 예쁜 선생님을 만나면서 세상과 조우한다.

학교를 마치고 집에 오자마자
엄마가 짜놓은 계획표대로
나는 바쁘게 피아노 학원으로
그림학원, 영어학원, 태권도학원…
학원으로 시작하여 학원에서 하루가 끝난다.

대학을 가고 어렵게 첫 직장을 구하고
삶의 쳇바퀴 놀이에 합류해,
내가 길을 가는지
세상이 나를 이끄는지 모를 삶을 살아내며,
반려자를 만나고 결혼한다.

회사를 다니면서 정상을 향한 줄서기에
하루도 멀다하고,
야근과 술자리에 눈치코치 하늘을 찌를 듯 살아내며
가슴의 한 편은 푸른 초원에서
거친 사막으로 바뀌고 있다.

어느덧 나이는 지천명이라는 오십 줄을 넘고
정년퇴직도 없이
한순간에 파리 목숨으로 거리의 낭인이 되어
아침에 넥타이 매고 출근해
발걸음은 한강을 걷고 산을
오르고 있다.

삶 길이 녹녹치 않게 달려왔건만
눈에는 까닭 모를 눈물이 흐르고
가슴은 동토의 매서운 바람이
사정없이 열려진 문풍지를 뚫고 마음을 헤집고
가슴은 꺼진다.

인생살이는 속절없이 길을 가고
나의 숨소리는 거칠어지는데
정신은 허둥지둥 갈피를 못 잡고
하늘에 계신 아버지에게로
무거운 발을 옮기며 심장에서 말하는 영혼의 소리에
귀를 댄다.
하늘에 계신 아버지 하느님
저의 육신과 정신을 온전히 맡기옵고
제가 한평생 지은 죄를 참회하오니
저의 모든 죄를 사하여 주시고
주님의 자녀로서
부끄러움이 없이 살 수 있도록 인도하여 주시고
주님의 말씀으로 사는
겸손한 낮춤의 삶이 되게 인도하여 주소서.

어느 사이 두 눈에는 하염없이 눈물이 앞을 가리고
심장에는 따뜻한 온기로 가득차지며
눈에는 욕심의 눈에서 배려와 사랑의 향기로 차오르고
하루하루의 삶이 영광으로 걷는다.

성령의 목소리가
김수환 스테파노 추기경님의 손길을 타고
민초의 머리 위에 사랑으로 하얀빛이 되어 내려오십니다.
내 몸을 네 몸처럼 사랑하고
내 이웃을 네 이웃처럼 아끼고 사랑하라 말씀하십니다.

십자가

주민아

어느 가을 침묵 피정에 들어갔습니다.

정갈한 독방에서 오직 창 밖으로 보이는 늦가을 나무와 낙엽만이 그녀가 이 세상에 존재한다는 사실을 알려주었습니다.

마태오복음의 어느 부분이 묵상 주제로 나왔습니다.

대사제의 고뇌가 목련처럼 뚝뚝 떨어지는 그 공간 속에서, 그녀는 비로소 대사제의 너무나도 인간적인 고뇌를 알게 되었습니다.

그 고뇌를 알게 된 후부터 비로소 그녀는 대사제를 사랑하게 되었습니다.

삶의 모서리에 치어 멍들고 아파할 때면, 언제나 그녀보다 훨씬 더 귀한 존재로, 말로 다할 수 없는 슬픔을 묵묵히 삼키고 우뚝 선 대사제의 그 순간을 기억했습니다.

그리고 한없이 아프고 또 아팠습니다. 세 번씩이나 똑같은 기도를 하러 가셨다는 사실을 글자들 사이에서 확인했기 때문입니다.

대사제의 기적과 자비가 성스러운 하늘의 것이라면, 대사제의 고뇌와 슬픔은 순정한 땅의 것이었습니다.

나중에 십자가를 짊어진 채, 순결한 피를 그 땅 위에 뚝뚝 흘리시는 모습을 떠올립니다.

그녀는 슬프고 또 슬펐습니다. 그저 우두커니 이방인처럼 서서 물 한 모금 내어 드리지 못하고, 피땀 한 번 닦아 드리지 못했던, 하물며 그 깊은 슬픔을 헤아리지 못했던 군중 속의 수많은 인간이 바로 그녀 자신이었기 때문입니다.

수난을 피의 열정으로 승화시킨 대사제 예수의 길을 따르려고 노력하던 동방의 어느 작은 사제를 추억하며, 오늘도 어김없이 까마득한 하늘 위에서 보고 계실 대사제의 고뇌를 기억합니다.

[몽당연필의 묵상]

내 비록 작고 부족하오나 당신께서 저를 이곳에 부르신 축복에 감사하오니, 부디 당신의 그 순간을 나만의 드라마처럼 몽당연필로 꾹꾹 눌러 쓰는 저를 어여삐 여기시어 용서하소서.

겟세마네 동산에 오른 대사제가 제자들에게 말합니다.

"내 영혼은 슬픔에 지쳐 죽음의 순간까지 이르렀소. 부디 여기 머물며 나를 지켜봐 주시오."

그리곤 조금 떨어진 곳으로 가서 땅에 얼굴을 묻고 기도합니다.

"나의 아버지, 하실 수만 있다면 이 잔을 저를 비켜가게 해주소서. 하지만 저의 뜻이 아니라 아버지의 뜻으로 이루소서."

돌아와 보니 제자들은 잠들어 있습니다.

"제발 한 시간만이라도 나를 지켜봐 줄 수 없겠소?"

그리곤 두 번째로 다시 동산에 올라 기도합니다.

"나의 아버지, 하실 수만 있다면 이 잔이 저를 비켜갈 수 없는 것이라 제가 마셔야 한다면, 그대로 아버지의 뜻이 이루어지게 하소서."

다시 제자들에게 와보니 여전히 잠자고 있습니다. 그들을 그대로 두고, 다시 조금 전 그곳으로 가서 세 번째로 똑같은 기도를 올립니다.

4 나는 오늘 빛을 보았습니다. (2009년 2월 16일 명동성당)

지난 1990년에 김수환 추기경님은 안구 각막 기증을 약속했으며,
그 귀중한 각막은 두 명의 환자들에게 시술되었다.
19세 때 시력 잃은 73세 환자와 30년 전 공장에서 사고를 당한 사람,
두 명에게 새로운 빛의 생명으로 태어나게 하였다.
"천국에도 별이 있다면 추기경님은 그곳에서 별처럼 빛나실 겁니다."
그렇게 지상에 반짝이는 별 두 개를 남겨두기 위해, 깨끗한 눈을 남기려고
생명의 마지막까지 기도의 허리띠를 풀지 않은 맑은 빛 하나였다.

20일 오전 10시 명동성당에서 지난 16일 선종한 고(故) 김수환(스테파노, 87세) 추기경
장례미사는 로마교황청 '교황 베네딕토 16세'의 대리권한으로 '정진석 대주교'님 집전
장례미사가 1만여 조문 인파가 지켜보는 가운데 거행되었다.
추기경이 세상 사람들과 헤어지는 마지막 예식이었다.

십자가가 걸어오시다

조성범

열십자 내 맘을 쓸다
눈을 뜨고 세상을 걸어갑니다.
아장아장 기우뚱 기우뚱 걸어갑니다.

한 생애를 걸어가며 나의 숨을 들이쉬고
걷고 있는지 맘을 두드려
걸어가 봅니다.
한 발자국 한 발자국 조심스럽게
맘속을 걸어 들어갑니다.

저 멀리 길 모퉁이에 서 있는
오동나무 밑을 향해 걸어갑니다.
나 아닌 내가 우두커니 서 있습니다.

한 손에는 무거운 책가방을 들고
또 한 손에는 큰 뭉치 돈다발을 들고
비스듬히 내가 서 있습니다.

저 멀리 큰 빌딩 현관 앞을 걸어가는
내가 걷고 있습니다.
반짝이는 손가방을 메고 달음질하는
젊은 청년이 시계를 기웃거리며
바삐 가고 있습니다.

저 멀리 커피숍 창가에 노란 치마를 입은
어여쁜 아가씨와 웃음보따리 푸는
내가 앉아 있습니다.
한 시간이 넘고 두 시간이 지나도
젊은 한 쌍은 미소가 떠나지 않고

커피향만 진하게 퍼집니다.

저 멀리 고사리 애기 손을 잡고
목말을 태우고 가는 내가 있습니다.
한 손은 사랑으로 한 손은 책임으로
걷고 있는 내가 아내 손을 잡고 있습니다.

저 멀리 혼자 걷는 내가 희미하게 보입니다.
출근한다고 현관을 나와서 검은 구두 신고
남한산성을 오르는 내가, 한강 물 위를 걷는 내가
땀을 흘리며 눈을 껌벅거리며
걸어가는 내가 있습니다.

저 멀리 산소의 잔디를 보듬으며
하염없이 눈물을 흘리는 내가,
우두커니 앉아 있는 내가 있습니다.
인생 유전은 어디로 가고 있는가.

빈 모습이되 쓰린 가슴을 붙들고
십자가 불빛을 지르밟고
새벽에 술 냄새 풍기며 걸어가는 내가 있습니다.
회중석에 앉아 두 손을 모으고
눈물을 터트리며 목메어 우는 내가
십자가를 바라봅니다.

하늘에 계신 아버지 하느님
저의 모든 죄를 사하여 주시고
주님의 영광을 들어내는 겸손한 종이 되게
저를 온전히 이끌어주세요.

강대에 붉은 포도주 빛을 머금은 십자가가
내 마음에 빛줄기로 연결되어 걸어오십니다.

아버지 하느님
두 눈에는 붉은 눈물이 뚝뚝
가슴에 송곳이 되어 박힙니다.

맑은 눈으로 웃으시며
지그시 열십 빗자루로
내 영혼의 이기와 욕심을 쓸고 계시는
주님이 서 계십니다.

생로병사 하늘로 승천하다

조성범

생로병사生老病死
사람이 태어나서 늙고 병들고 죽는다.

어머니의 자궁에서 양수羊水의 보호를 받으며
열 달, 사십 주를 차오르고 내리고 견디고 나서야
생의 탯줄을 끊고 생로병사의 긴 여행을 시작하며
세상을 향해 하품 한 번 크게 하고 기지개를 편다.

생生, 태어나다.
숨을 쉬는 생명의 탄생은 경이롭기 그지없다.
젊은 청춘이 사랑하고 사랑을 하기 위해 사랑하며
불같은 육신의 몸과 정신의 옷고름을 풀어 제치고
한평생을 백년언약하고 결혼이라는 걸 하여
하늘의 축복, 땅의 기쁨으로 한 생명이 잉태한다.

엄마 품, 자궁에서 양수를 헤엄치며
엄마의 긴 호흡, 아빠의 웃음소리를 들으며
푸른바다를 끊임없이 항해한다.
처음에는 눈과 코, 입, 귀가 열리어 전생의 연을 안고
다섯 손가락 엄지, 검지, 중지, 약지, 소지가 열리고
발가락이 하나, 둘, 셋, 넷, 다섯 대지를 품으며
아가는 한 발, 두 발을 엄마 배에서 쏙 내리고
아래로 걷는다.

이름 모를 눈길이
아빠의 얼굴에 앉았네.

티끌에 스민 숨소리
엄니의 가슴 줄을 타고

호호 입김을 불어요.

엄마의 눈에 잠든 발길질
아래로 아래로 걸음이 되어
아장아장 걷고 있구나.

까르르 웃음소리
애비의 심장을 걸어가네.

생로生老,
사람이 태어나서 늙는다.
부모의 품을 떠나 세월이 녹으며 몸은 늙어간다.

눈길이 닿는 곳에 숨소리가 눈을 뜨고,
몸이 걷는 곳에 붉은 땀과 세상의 푸른 이끼가
몸에 달라붙어 육신은 태초의 숨 빛을 내리고
밤낮을 잊은 채 허욕의 물상이 몸을 망가뜨린다.
몸은 힘들고 걷기 어려워지며 허리는 굽어지고
무르팍은 시리고 아리고 삐거덕삐거덕 소리 내며
밤마다 돌망치가 온몸을 두들긴다.

생로병사生老病死,
사람이 태어나서 늙고 아파서 죽는다.

아파서 병원 침대에 눕고 의사가 청진기를 대고
소아과, 내과, 외과, 안과, 치과 등 전공의별로 진찰하고
누구는 수술대에 올라 치료해서 웃으며 걸어나가고
누구는 영구차에 통곡을 싣고 한 몸을 눕히고 누워서
나간다.

병원의 시트에는 생로병사 질곡의 세월이 묻어 있다.
아기가 태어나 시트에서 일어나고 수술대에 눕고
하늘나라에 피어오르기 위해 백의 시트에 몸을 눕힌다.

삶과 죽음을 관통하는 새하얀 시트, 천ㅈ 조각은
삶 소리의 시작과 끝을 스펀지처럼 빨아들인다.
육신의 부질없는 몸뚱아리를 지상에 벗어 버리고
훨훨 태초가 시작하는 푸른 하늘땅,
주님의 하늘바다로

푸른 외줄 빛을 타고 너울너울 올라간다.

이승의 인연을 내리고
저승의 하늘로 참된 나를 찾아
홀연히 떠오른다.
웃음소리, 울음소리, 기쁨의 눈물소리, 속울음소리
낮추고 낮추어 빈껍데기로 마지막 재를 드리고
천주십계天主十誡 등에 업고,
순청빛이 되어 혼빛 물고 천주님 곁으로 뛰어오른다.

따스한 별들에게

허금행

    내가 쉬지 않고 기도했던 일주일⋯. 남편이 고혈압으로 병원에 실려 갔고, 혈압이 안정되지 않자 중환자실로 옮겨졌다. 나는 병실을 지키고 앉아 있었다. 추위가 시작되고 병원의 높은 굴뚝에서 하얀 연기가 하늘을 향해 구름처럼 올라가고 있었다. 비둘기들은 굴뚝 주위의 따스함을 어떻게 알았는지 그 높이까지 날아올라 옹기종기 앉아 있었다. 따스함을 찾아서⋯ 노숙자들이 지하철 안으로 모이듯 따스함을 찾아 날갯짓을 하고 걸음을 옮기며⋯.

[따스한 별들에게]

붉은 벽돌 높고 높은 굴뚝 위에
비둘기들이 웅크리고 있다.
기온이 내려가면
더 많이 날아올라 서로서로 가까이 앉는다.

어제의 일기장은 젖어 있어
아마도 완전 연소하지 못하여
매콤한 연기가 그렇게 따스한가.
나도 함께 잠들자
아직도 다 타지 못한
나의 단어들이 어디엔가 숨어 있어

비둘기가 찾아낸 하늘 가까이
평온의 밤이 기운다.
굴뚝 너머로 따스한 별들이 기운다.

옆방에 입원해 있던 사람이 죽었다. 그를 알았던 사람들이 소리 내어 울고 북적이다가 죽은 사람이 어디론가 옮겨지고 청소부가 그 방을 치우고 있었다. 중환자실은 간호원들이 잘 들여다볼 수 있도록 전면이 유리벽으로 되어 있었다. 잠시 후 다른 환자가 그 방에 들어왔다.

유리벽, 이제 또 하나의 유리벽에 남편이 갇혔다. 스피치 테라피스트가 왔다. 발음을 정확히 못하게 된 남편을 보기 위해서 말을 좀 더 또박또박할 수 있게 도와주기 위해서라고 하였다. 남편은 오른손에 힘이 약해져서 글씨를 반듯이 쓰지 못했다. 나는 잠들어 있는 그 옆에 앉아 노트북에 굴뚝을 그리고 그 위에 앉아 놀고 있는 비둘기들을 그렸다. 시간은 초조하게 지나가고 테니스를 잘 치던 그의 의과대학 시절의 웃음소리가 들려오는 듯하였다. 월남에서 돌아와서 나를 찾아 왔을 때, 군의관답지 않게 구겨진 군복을 입고 있었다. 그는 "졸병들이 군복을 대려주는데, 부탁하기가 어려워서…" 하며 멋쩍게 웃었었지.

[중환자실 청소부]

3층을 누르고 잠시
엘리베이터 문이 닫힌다.
갑자기 다시 열려 두 여자가 뛰어들고
흐느끼는 동안 문이
천천히
아주 천천히 닫힌다.

천천히 엘리베이터가 서는 느낌으로
나는 약간 어지럽다.
그녀들이 뛰어나가고
천천히 걸어서 입원실로 간다.

342호에는 여남은명이 울고 있다.
그 여자들이 비집고 들어가고
나는 천천히 땅을 보며 지나
343호로 들어선다.

산소호흡기를 코에 꽂고
링거를 맞으며 한 사람이 잠들어 있다.
시든 꽃을 버리고 새 꽃으로 바꾸며
나는 혼잣말 한다.
─꽃은 어디에고 다 잘 어울려

유리병을 통해 342호를 건네본다.
어느새 다 떠나고 빈방으로
청소부가 들어간다.
천천히 아주 천천히
표정 없이 몸을 구부리고
누군가 떨구고 간
굵은 검정테 안경을 집어든다.
천천히 아주 천천히

죽은 남자의 안경이었을까.
죽기 전에 안경을 쓰고 무엇을 했을까.

그해 부활절 아침, 담당의사가 퇴원을 허락했다. 휠체어에 실려 자동차
까지, 그리고 아주 천천히 몸을 움직여 집에 돌아왔다. 남편은 정물화처럼
앉아 있다가 슬로우모션 화면처럼 천천히 침대에 누웠다. 모든 것은 천천
히 흘러갔다. 오늘은 부활절이다. 모든 사람들이 중풍으로부터의 완쾌를
부정적인 것으로 생각하였지만, 이제 그는 완쾌되었다. 사람들은 기적이
라고 말한다. 그러나 나와 남편은 기도해준 모든 사람들에게 고개를 숙이
고 감사할 뿐이다.

종소리 언덕의 빛이 되다

조성범

땡땡 종소리에
첫새벽이 일어서고
어둠이 눈을 감는다.

땡땡땡 맑은 종소리
언덕 아래 붉은 세상에
울려퍼진다.

눈이 오나 비가 오나
비바람, 눈바람이 몰아쳐도
어김없이 새벽에
종소리가 빛이 되어 서 있다.

눈물콧물 안고 언덕을 오르시는
할멈의 발걸음에 버선이 되고
아래로 아래로 마리아의 심장소리가
쿵더쿵쿵더쿵 손짓한다.

찬 서리 소스라치게 일깨우고
천막단식 움집으로 새벽빛을 뉘우며
하늘의 소리가 심장에 불을 피운다.

곤봉과 최루탄이 눈물콧물 쏙 빼가도
하얀 소금 눈물이 소태되어
소금밭로 보초서고
잠결에 가슴 줄을 어루만진다.

눈을 뜬다.
검은 눈을 뜬다.
서슬이 퍼런 하늘 옷을 걸치고
오늘도 눈을 뜬다.

새벽의 성당 종소리
빛기둥에 눈을 주고
기도소리가 온몸을 두른다.

바보야

조이령

한 달에 한 번 매월 마지막 주일, 특별한 일이 없는 한, 봉사 차 찾는 팔당 정약용 생가터 인근의 마재성지.

지난 11월 18일 남궁경 알베르토 신부님 영명 축일 겸 봉사자의 날 기념 미사 후, 사제관을 들어서자 말자 첫 눈에 들어오는 것이 있었으니 벽난로 위 가장 한 가운데 자리 잡고 있는, "바보야"라고 쓰인 글귀와 더불어 김수환 추기경님의 사진입니다.

언제 보아도 인자하신 미소 띤 그 친근한 모습에다 잘 쓴 글씨는 물론 아닌 그 글씨가 순간 눈에, 가슴에 와 콕 박힙니다.

'바보야.'

어릴 적 친구들과의 말싸움 중 제일 듣기 싫어라 한, '바보야~!'라는 이 말을 추기경님 당신 스스로에게 그리 칭하셨으니….

솔직히 전 제 자신을 아직 한 번도 '바보'라고 생각해
본 적도 없을뿐더러, 혹여라도 누가 그렇게 부르거나
생각한다는 그 자체만으로도 무지 속상해서 화를 참
지 못할 거 같다는 솔직한 맘입니다.

그런데 그런데 어찌하여???

오, 어쩌면 추기경님께선 '순수의 극치, 한없이 순진
무구'하게 살고 싶으셨음을, 단순하고 담백한 그 어떤
조미료도 가미되지 않은 그런 어린아이 같은 맘으로
사시고자 그리 말씀하신 게 아닐까?
가만 생각해봅니다.

가끔 오가는 차량 뒤 유리창에서 저 글귀를 발견한

적이 있습니다.

그럴 때마다 자연스레 추기경님을 떠올리게 되고, 자
신도 과연 그런 순수, 담백한 맘과 몸으로 살고 있는지,
살 수 있는지 자꾸 돌아보게 됩니다.

부끄럽지만 지난 삶속에서 서서히 잃어버리고 퇴화
되고 만 저 순수와 담백을 되찾는 길이 무엇인지 저 글
귀를 되뇌이며 찾아보렵니다.

촛불

박찬현

아름다운 몸을 사르는 존귀한 존재
칠흑 어둠 속에서 더욱 존귀한
언제인가 촛불의 바닥 마주하는
그 주검은 장렬하다
귀한 주검
귀한 영혼

일생 동안
사랑을 노래하고
어둠 가운데 그리움을 찾아
혼연히 태우고 또 태우고 남은
한 점 자국이란 해량한 인장 같은 것

해인海印이었네
사랑이었네
흠숭이었네

깊은 어둠속 골짜기에서
하늘빛 손잡고 걸어오는
촛불

그대, 잘 가시게

한정화

잘 가시게. 그대.

그렇게도 그리워하던
사랑하는 님의 곁으로

잠 못 이루던 긴 밤도 이제 그만
낯은 이 힘든 이 찾아나서던 부르튼 발도 쉬고
모두 놓은 빈손으로 떠나시게.

그대 빈자리 누가 채울 수 있으려나
그대 큰사랑 누가 대신 할 수 있으려나

가시게. 그대.
먼저 가서 잘 쉬고 계시게.

나도 곧 가네.
우리도 곧 가네.

모두 가는 길.
자네 먼저 가서 기다려주시게.

천사의 날개가 되어 하늘로 승천하신 추기경님. (강남 성모병원 로고가 새겨진 시트가 천사의 날개로 포착되었다.)

새 생명의 기적

김명훈

쉰두 살의 준철 씨는 숨이 차서 대여섯 발작도 걷기 힘들다. 상태를 평가하기 위해 걸어 보라고 하니 안간힘을 쓰고 걷는데 서른다섯 발자국에서 멈춘다. 숨을 쉴 수도 없고 명치끝이 저미도록 아파 더 이상은 움직이기조차 힘들다. 확장성심근증이라는 진단을 받았다. 게다가 당뇨와 고혈압, 그리고 신장병은 만성신부전상태이다. 건강상태로 보면 그야말로 최악이다.

그뿐인가, 동네에서 슈퍼를 운영했었는데 주변에 대형 할인점이 들어오면서 벌써 두 차례 망해서 이젠 오갈 데도 없다. 방 두 칸에 세 들어 살고 있는 누이 집에 더부살이를 하고 있는 형편이다. 아내는 망해 가는 가게를 다시 일으켜보겠다고 친정에서 가져다 쏟아 부은 돈만 해도 지금까지 1억 5천이니 친정식구 볼 낯이 없어서 친정에는 얼씬도 못한 지 오래다.

준철 씨를 살릴 길은 심장이식수술뿐이다. 심장이식수술이라…. 아내에게는 하늘이 무너지는 소리다. 심장을 어떻게 기증받아 수술을 할 수 있단 말인가. 뇌사상태의 장기기증자가 있어야만 되는 일이고 게다가 세포조직이 맞아야 하니 하늘의 뜻이 아닌 담에야 어찌 기대할 수 있겠는가. 또 돈이 어디 한두 푼인가. 병원에서는 최소한 5천만 원은 준비해야 한다고 한다. 그 큰 돈을 어떻게 마련해야 할지 그저 막막하고 답답하기만 하다. 주치 의사 말로는 2주 이내에 심장이식수술을 진행하지 않으면 죽을 수도 있을 만큼 환자의 상태가 급박하다는 것이다.

주치의는 나에게 협의진료를 의뢰했고 나는 환자의 아내를 만났다. 아내는 그동안 환자 병치레에 지쳐서 이번 치료로 환자 목숨만 구해놓고 헤어지려고 한다며 환자에 대한 원망을 한 다발은 쏟아낸다. 말은 그렇게 하지만 환자를 살려야겠다는 일념으로 쩔쩔매고 있었다. 라디오방송 모금과 한국심장재단의 후원 그리고 병원의 자체 후원금으로 어렵사리 치료비가 마련되었다.

2011년 6월 15일 수요일 오후다. 인근에 있는 한 대학병원에서 뇌사자가 발생하였다고 연락이 왔고, 심장을 기증한다는 것이다. 의료진들은 서둘러 환자의 수술 준비를 시작했고, 기증받을 심장을 이송하기 위해 장기 적출팀이 출동했다. 환자를 수술실로 불러내려 수술대로 올려졌다. 환자는 그야말로 죽느냐 사느냐를 결정짓는 절체절명의 수술이기 때문에 심장이 조여오고 온몸이 떨려 오그라질 지경이었다. 그러면서 한편으로는 지금까지 겪어온 고통으로부터 해방되어 건강하게 살 수 있으리라는 기대에 설레임도 일었다.

저녁 9시 8분 우리 병원에서 출동한 의료진은 수술실로 가서 기증자의 심장을 적출하였다. 심장이 손상되지 않도록 보존액에 담아서 신속히 우리 병원으로 향했다. 우리 병원 수술실에서는 환자가 마취상태로 대기 중이다. 환자의 흉부는 절개하여 열려 있고 장기 이송팀과 연락을 주고 받으며 분초를 다투면서 준비상황을 진행해 가고 있다. 이제 기증자의 심장이 도착하는 것만을 기다리고 있다. 기증자의 심장이 수술실에 도착하자마자 환자의 심장을 떼어냈다. 밤 9시 38분이다. 이제 기증자의 심장을 환자에게 이식하는 수술이 시작된다. 밤이 깊었지만 수술실은 대낮처럼 밝고 무영등 아래 환자를 둘러싼 수술팀의 긴장에 수술실은 쥐 죽은 듯 조용하다. 집도의사의 지시에 따라 순서대로 수술집기가 손에 쥐어지며 정교하고 빠른 손놀림이

계속된다. 심장의 근육과 혈관을 세밀한 주의를 기울여 접합시켜 간다. 환자의 생존율을 높이기 위해 최대한 빠른 시간 내에 이식수술의 전 과정을 마쳐야 하는 전쟁 같은 시간이다. 총 수술시간 5시간 16분, 마침내 환자의 심장이식수술이 성공적으로 끝났다.

이틀 후 환자는 의식을 명료하게 되찾았고, 일주일이 되자 호흡도 산포도 95% 이상으로 정상상태를 회복했다. 수술한 지 일주일 만에 환자는 신경학적 그리고 혈액학적으로 모두 정상인 상태를 유지하고 있어서 중환자실에서 일반병실로 옮겼다.

보름 후 환자는 50m를 걸어도 숨이 가쁘지 않다. 정말 다시 태어난 기분이어서 날아갈 듯 기쁘다. 환자는 걷게 되자마자 감사 인사를 하려고 나를 찾아왔다. 아직은 면역기능 정상이 아니기 때문에 환자가 내 사무실까지 내려온 것이 걱정되어 오히려 내가 어쩔 줄을 몰랐다. 환자의 말 한마디 한마디에는 생명을 살려준 은인에 대한 감사의 마음이 듬뿍 담겨 있었다. 생명을 살리는 일에 한 몫을 했다는 보람이 컸다.

나는 환자의 손을 잡고 기도를 청했다. 우선 새로운 생명을 허락하신 하느님께 감사, 사고로 뇌사상태에 빠져 심장을 준철 씨에게 남기고 하늘나라로 간 34살의 그 청년에게 주님의 사랑 안에 영면하기를, 그리고 준철 씨 새 삶을 얻는 기념으로 부부가 더욱 돈독한 사랑으로 가정을 가꾸기를 기도했다.

준철 씨가 이처럼 뇌사자로부터 심장을 기증받아 새 생명을 얻게 된 데는 고 김수환 추기경님의 안구기증이 큰 영향을 미쳤다. 추기경님께서 선종하신 이후에 각막을 기증하여 두 사람이 새롭게 세상의 빛을 보게 된 것을 계기로 뇌사 장기기증에 대한 인식이 크게 바뀌었기 때문이다. 이후로는 뇌사 장기기증이 많이 늘어서 응급수술이 필요한 환자로 등록하면 대체로 2주 안에 뇌사 기증자와 연결되어 이식수술이 진행된다. 추기경님께서는 선종하신 이후에도 생명을 구원하는 일을 계속하고 계신 셈이다.

옹기, 그의 바보인생

김명훈

옹기甕器는 김수환 추기경님의 아호이다. 추기경님은 옹기를 박해시대 신앙 선조들이 산 속에서 구워 내다 팔아 생계를 잇고 복음을 전파한 수단이자 좋은 것과 나쁜 것 심지어 오물까지 담을 수 있는 그릇이라며 옹기 사랑이 각별했다. 할아버지 때부터 아버지까지 박해를 피해 산 속에 들어가 옹기를 구워서 생계를 이어가면서 신앙을 다졌던 집안의 내력 때문으로도 보인다. 그래서 그런지 추기경님의 성품이 질그릇을 닮았다. 편안한 미소가 질그릇을 닮았고, 꾸밈없이 마음을 그대로 드러내며 널리 쓸어 담아 포용하는 모습이 평생 질그릇 같은 인생이었다.

옹기는 우리 삶에 어릴 적 향수이며 애잔한 애환이다. 질그릇은 단순히 진흙을 주물러서 만든 그릇이어서 도자기처럼 반질반질 윤기가 나거나 아름다운 채색도 없다. 모양이 그리 단정하지도 않다. 놋그릇·사기그릇 등 밥상에 올라오는 여러 종류의 그릇과 비교를 해 보더라도 참으로 초라해 보인다.

사람들은 이 볼품없는 질그릇을 좋아한다. 그 이유는 투박해서라고 한다. 즉 자연스럽기 때문이라는 것이다. 자연스럽다 함은 원만히 어울려 조화를 이루어 해가 되지 않는다는 의미이다. 옹기에 보관하는 음식은 자연과 소통하여 상하지 않는다. 이처럼 질그릇은 소통을 통해 내면을 상하지 않게 한다. 질그릇은 화려하지 않아 누구도 경계하지 않는다. 그래서 가까이 다가갈 수 있고 소통하게 한다. 추기경님의 삶, 그 자체가 질그릇이다. 질그릇은 낮은 존재의 상징이다. 그야말로 존체尊體가 높디높으신 가톨릭의 수장께서 스스로를 '바보'라고 하시고, 실제 표정이나 언행이 그 순수함을 그대로 드러내시니 그 친근함은 질그릇보다 더하다. 성경 말씀에 "우리가 이 보배를 질그릇에 가졌으니 이는 심히 큰 능력은 하나님께 있고 우리에게 있지 아니 함을 알게 하려 함이라"(고후 4: 7)고 하셨다. 그러니 우리의 몸은 질그릇이라는 것이다. 보배가 되는 말씀은 품되 사람이 입고 있는 육은 질그릇이라는 것이다. 보배를 드러내기 위해 우리의 육신이 질그릇이 되어야 한다는 것이다.

과연 우리는 질그릇인가? 뭇 사람들은 별과 같은 존재, 보석과 같은 존재로 인정받기를 원한다. 추기경님이 다르신 이유는 바로 별이 아니라 보석이 아니라 질그릇이 되셨기 때문이다. 추기경님의 이러한 삶은 살아 계신 동안 내내 많은 사람들에게 위로와 교훈을 주셨다. 추기경님의 선종 이후 전 국민이 추기경님께서 더 이상 우리와 함께 계시지 않음을 슬퍼하였으며, 그가 남긴 정신은 사회적으로 새로운 물결을 불러 일으켰다. 5일 동안의 장례 기간 동안 40만에 달하는 조문객이 줄을 이었다는 것도 경이롭거니와 추기경님의 삶 자체가 사회적인 신드롬을 형성하여 '고맙습니다. 사랑합니다'의 캠페인은 종교를 넘어서 사회 전반으로 사랑과 나눔운동으로 번져갔다.

노비씨아의 기도

김명훈

갓 피어난 목련 같은
순백의 꽃잎을 쓴 노비씨아
그 맑은 고결함이
온몸으로 스미었습니다.
이제 한평생을
주님의 종이 되어 살리라
서원하였으니
숱한 밤의 번민을 뚫고
묵상 속으로 쏟아져 내리는
주님의 뜻을 새깁니다.
주님의 종이 됨은
서럽도록 가슴이 녹아내리는
기쁨이었습니다.
그 자리에 차 있던
세상의 즐거움을 걷어내는
고통이었습니다.
이제 주님의 품 안에서
평안을 얻으며
그 평안을 온 세상에 전하겠습니다.

사모곡

박찬현

한 그루의 거목이 성장하는 곳
어머니의 삶에 뿌리를 내리고
세풍에 흔들림을 굳게 잡으며
혹한의 풍상을 녹여 준 사랑

매 시간의 삶이 기도가 되고
삶의 행간마다 젖은 고뇌
황무지 땅을 헤치고
어머니라는 석 자를 심은 곳

모진고생 앓아 온 혼연은
사르고, 사르고 남은 재
못 다한 기도 허공 지나 천상에
푸른 새벽노래가 된 이슬

진주처럼 빛나는 투영 뒤
어머니의 영혼은 기름진 땅이 되어
당신의 심장에서 흘러내리는
사모곡으로 목을 축이네

[김수환 추기경님의 저서 『삶의 길목에서』] 내 마음에 새겨진 어머니의 영상은 늙은 모습입니다. 이마에 깊이 주름이 잡혀 있고, 칠십 년의 풍상을 겪은 모습입니다. 자식을 위하여 당신 자신은 비우고 또 비우신 분......, 그러나 위엄이 있으면서도 미소를 잃지 않던 모습이 떠오릅니다.

교황 베네딕토 16세에게 선물로 전한 김경상 사진가의 작품은 김수환 추기경 선종(善終) 당일 추기경 시신이 안치된 관 옆에서 정진석 추기경과 김옥균 주교가 기도하는 모습을 담은 작품과 성 막시밀리아노 마리아 콜베 성인이 세운 '원죄 없는 성모마을'에서 수도자가 묵상하고 있는 모습을 담은 사진 2점과 사진집 2권('성 막시밀리아노 마리아 콜베', '캘커타의 마더 데레사')인 것으로 전해졌다.

큰 사랑

한정화

성심여고 2학년 때 당시 화학·종교시간을 맡으셨던 김영자 수녀님께서
밀알의 교훈에 대한 영상을 보여주신 적이 있다.
많이 들어서 알고 있는 밀알 하나가 떨어져 죽으면
많은 열매를 맺는다는 내용이었다.
여기서 밀알은 하느님이 세상으로 보내주신 예수님이고
우리도 예수님을 본받아 자신을 죽이면서까지
이웃을 사랑하라고 하시는 말씀이다.
나를 죽인다는 것은 나의 이기적인 마음과 오만함과 교만함을 없애야
참사랑을 나눌 수 있다는 뜻이기도 하다.
실천하기에는 너무나도 힘든 말씀이다.
우리는 말로는 참으로 많은 사랑을 나눈다.
하지만 대부분의 경우 내 몫은 조금 남겨두는 이기심을 지니고 사랑을 나눈다.
가난한 사람들을 위해 무엇인가 한다고 하지만
가난한 사람들과 살기에는 숨어 있는 이기심이 너무도 크다.
남을 위한다고 하지만
나를 먼저 생각하고 내가 중심이 되어 내 조건에 맞아야 하니
그것은 조건 없는 사랑이 아니다.
무엇을 얼마나 나누는 것이 중요한 것이 아니라
어떻게 어떤 방법으로 나누는 것이 중요하다고 추기경님은 말씀하셨다.
받는 사람이 받고 싶은 것을 상처를 주지 않으면서 주는 사랑을 하라고 하셨다.
낮은 자세로 자신을 버리고 낮게 내려갈 때
고통 받는 이웃의 고통을 느낄 수 있고
진정 그들이 무엇을 필요로 하는지를 알게 된다고 하셨다.
몇 번이고 강론 때마다 입으로만 사랑하지 말고 실천하라고 하셨다.
실천하지 못하는 사랑은 사랑이 아니라고.

큰 사랑을 말씀하시는 것이 아니다.
친절한 말 한 마디, 따스한 미소 하나가 외로운 이웃에게 큰 힘이 될 수 있다.

언젠가 "괜찮아?"라고 누군가가 물어왔을 때
자신도 모르게 울음이 터져 버린 경험이 있다면 무슨 말인지 알 것이다.
무슨 일이 있었던 날도 아니었고, 특별히 안 좋은 날이 아니었는데
그 누군가의 한 마디가 울음보를 터뜨리게 만들 수 있다.
그것은 아마도 누군가 나에게 사랑의 말을 건넴으로써
내가 사랑받았다는 것을 느꼈기 때문에 어린아이처럼 울고 말았을 것이다.
너무 고마워서.
우리는 내 본의와 다르게 건조하게 살아간다.
원래 하느님께서 우리를 처음 만드셨을 때, 나를 하느님의 자녀로 만드셨을 때
우리는 온전한 사람이었다.
그런 우리는 오래전 이브가 선악과를 따먹음으로써
가슴 한 쪽을 강도 당하고 말았다.
그 후로 우리는 하느님이 만드신 모습으로 돌아갈 때까지
한 구석이 비어 있는 채로 외롭게 살아가고 있다.
우리 인간 모두가 그렇다.
그 가슴을 채워 다시 온전해지려면 우리는 하지 않아도 돼는 일을 해야 한다.
"군이 그렇게까지?"라고 말하는 선까지 내려가야 한다.
행여 끝이 보이지 않는다고 해도 지쳐하지 말고 포기하지 말고 죽음까지 가셨던
예수님을 생각하면 이 정도는 아무것도 아니라는 생각으로.

나는 하느님이 세상에 떨어뜨린 밀알 하나일 뿐이다.
내 밀알은 작지만 하느님의 큰 사랑을 전할 수 있는 큰 힘을 숨기고 있다.
그 힘을 발휘할 수 있도록.

주님 제게 이기심과 교만함과 오만함을 없애주소서.
가끔씩 머리가 가슴을 이기려할 때마다 저를 죽여주소서.
저는 주님이 떨구신 밀알임을 기억하게 해주소서.
아멘.

주님 곁에 영생을 주소서

김명훈

이제 주님 앞에 선 어린양이
기도 드립니다.

담장이 된 뒷산에는
산새들이 짝을 지어 둥지를 틀고
집 앞 시냇물에는
조약돌 구르는 소리 청아합니다.
옹기골에 피어 오른 주님의 뜻
단칸 초막집을 성막 삼아
존귀한 성소의 핏줄
그 작은 생명이
세상 빛을 받았습니다.
정의와 겸양으로 온기를 전하고
돌봄과 배려로 부둥켜안아
용기 주고 위로가 되었습니다.
냇가에는 갯버들이
울 밑에는 꽃다지가 움 틀 때
이내의 채운으로 부르심 받고
이제 주님 품에 들었습니다.
이 땅의 참 제자로 살다 가신
추기경님을 위로하고서
부디 주님 곁에 영생을 주소서.

추모의 길

박찬현

서울의 높은 언덕은 명동성당이다.

굴곡 많은 사연을 안고 세월의 주름을 짓고 서 있는 명동성당은 역사의 편린이기도 하다.

매캐한 최루탄이 허공을 날아다니던 그곳에 '숨은 자들을 내놓으라'고 억측하던 시절, 추기경님께서는 넓은 품으로 수세에 몰린 젊은 청춘들을 모두 끌어안아주셨다.

그러한 격변기를 허리가 굽도록 어질게 보내시고 떠나신 명동성당은 한 많은 슬픔에 빠졌지만, 하느님을 믿지 않은 이들의 발걸음은, 격변기에 청춘들을 숨겨준 감사한 마음들로 떠나가시는 추기경님을 뵙기 위해 불원천리 달려온, 그 긴 추모의 길이다.

그 당시 내 아버지께서 지병으로 입원해 계시던 무렵이다. 아버지는 비신자이시나 심장수술을 할 때 대세를 허락하셨기에 '루가'라는 세례명으로 대세를 드렸다. 물론 대수술 중 몇 번의 위기의 고비는 있었으나 대세로 인한 기적 같은 소생에 감사를 드릴 일이었다. 아버지께서 찬찬히 TV를 시청하시면서 "너는 안 보이더구나". 물론 다녀왔다 해도 모두 보여지지도 않을뿐더러 본당 내에 마련한 기도소에서 연도를 끊지 않고 올리고들 있었다.

사람의 생명은 유한하기에 어려운 수술을 이곳저곳 하신 아버지께서도 그 이듬해 세상을 떠나셨다. 늘 추기경님을 보시면 "나도 영세를 받고 싶다" 하셨던 내 아버지는 임종 전 대구 주교좌성당에서 신부님을 모셔다 '보례'*를 드렸다. 장례식을 치르는 동안 불교 집안인 내 집안에 지방성당과 동생들의 학교 직원 수녀님들께서 몰려와 연도를 올리는 진풍경이 벌어지기는 했다.

그로 인해 그동안 신자인 줄 몰랐던 친인척들을 찾아내는 웃지 못할 일들이 벌어지기도 했고, 아버지께서 추기경님을 존경하신 일로 인해 먼 곳 친인척들의 숨은 신앙을 재발견한 것은 다시금 생각해도 무척 감사하게 생각하고 있다.

그분께서는 한반도 어느 곳에서건 자비로운 미소로 산야에 하느님의 사랑인 소국들을 피워내셨다.

어떠한 조건이건 그곳이 황무지라 해도 산국을 피웠을 것이다.

현재와 미래도 그분의 기도가 이 땅 위에 하얀 빛으로 덮일 것이다.

한 자락 너울처럼.

*보례: 임종 전이나 위기에 처한 사람에게 준 '대세'자에게 영세식의 약식을 거행함.

이별

박찬현

김수환 추기경님을 많은 사람들이 가깝게 또는 멀리서 뵙게 된 이들이 적지 않을 것이다.

추기경님의 인품은 누구나 보이지 않는 선을 긋지 않고도 가깝게 손 내밀 수 있는 자애로움을 지니신 분이시기도 하다. 그러한 분이시기에 사람들은 오래도록 추기경님을 가슴에 담고 살아가는 일인지도 모른다.

자애로움은 인간의 따뜻한 언덕이기에 누구나 기대어 응석을 피워보고픈 가장 기본적인 심리이다. 오병이어의 거대한 기적이 아니어도 마음을 풍요롭게 해주는 기대치는 삶을 보다 원활히 움직일 수 있게 해주는 커다란 원동력이기도 하다.

오래전(1994년 즈음) 소속 본당에서 '혼인서약 갱신식'이 거행되어서 김수환 추기경님께서 내왕하셨다. 결혼을 한 지 25주년이 넘어간 부부들에게 교회 안에서 신앙의 가정으로 새롭게 태어나는 '혼인서약 갱신식'을 주었다. 로마교황청에서 보내온 부부 강복장도 수여 받고 좋아하는 각 가정들의 소소한 행복을 스케치하면서 곱게 물들어가는 가을의 풍경이 참 아름다웠다.

살아가면서 가정이란 울타리가 소중하다는 것은 알지만 정녕 가정을 어떠한 가정으로 만들어 가겠다는 중점적으로 생각하지 않음이 대부분이다. 그냥 살아가는 일이므로 산다는 것이 일방적인 생각이었다고 본다.

혼인서약을 새롭게 하므로 남은 인생 상호 함께 생각하지 못했던 결함들을 채우며 신앙으로 거듭나는 가정인 셈이다. 이미 성장한 자녀들에게서 축하의 화환을 받으며 눈물을 글썽이던 부부들의 모습이 따뜻한 물결이 되어 흐르고 있었다.

자녀들 역시 부모님들의 색다른 인생여정을 곰곰이 접하고 자신들도 살아가면서 늘 생각하는 가정을 꾸려야겠다는 답이었다. 살아가는 구비마다 그 색상은 모두 다르겠지만 사고의 전환이 긍정적인 시간으로 이끌어줄 것이라는 생각을 했다.

생사의 문턱을 넘나들던 이들도 있었고 생존의 사투에서 버겁게 삶을 이끌어온 이들도 있었으며 많은 우여곡절의 고비를 넘어온 이들, 그 모든 이들의 가정들이 세월이 지난 이즘에 돌아보니 하나같이 그 당시 약속했던 갱신의 삶이 보다 윤택하게 결실을 보여주고 있었다.

그 행사 끝에 추기경님께 질의를 하러 갔더니 추기경님께서는 "봉급 많이 줘요?" 하며 웃으셨다. 1986년 견진성사에 들리셔서 소박하게 국수를 말아 드시고 가신 모습이 퍽 인상 깊었다. "왜 꼭 국수인지, 그리고 재차 방문한 소감을 들려주세요"라는 대답은 "멸치국물이 시원합니다"였다. 서민의 음식이라서 가볍게 접하고 싶으심인 게다. 그리고 모든 성당이 가진 장점이라면 아늑함이다. 추기경님께서는 서민이 찾아드는 아늑한 성당을 묘사하셨다. 누구나 찾아와 위로받고 생활 터전으로 힘찬 발걸음으로 돌아가는 그런 아늑한 터전, 그러한 성당을 구현하셨고 그러하길 바라셨다.

대도시의 서민은 춥고 외롭다.

그러한 층간 계층이 뵙게 된 추기경님은 어느 누구에게나 정감 가는 따스한 인품이셨다.

그러한 분이 세상을 떠나시자 모든 이들이 슬픔에 잠길 수밖에 없었을 것이다.

명동 지하성당에 시간마다 올려지던 추도미사에 추기경님의 사진은 자애롭게 미소 짓고 계셨다.

"울지 마세요. 감사합니다. 그리고 서로 사랑하세요."

그분은 하늘 문을 열고 가시면서도 우리를 그렇게 등을 토닥이며 위로하고 계셨다.

"늘 행복하세요."

광야를 그리며

박찬현

한 시대의 넓고 넓은 대지로
자리하셨던 김수환 추기경님!

하 많은 청춘이 광야로 나갔을 때
당신은 깃발 펄럭이는 웅비雄飛였습니다.

모두가 토하지 못한 쓰라린 속내를
당신은 잔등 토닥여 응어리를 내렸습니다.

암울한 역사의 귀퉁이에서 피멍든 영혼들
당신은 깊은 고뇌로 생채기 감싸 안으셨습니다.

도심의 높은 주님 누각에서 붉은 등 높이 든 채
광야와 대지를 향하여 종탑을 울렸습니다.

하늘을 수차례 오르내린 연후
그 언덕이 하늘의 진지였음을 비로소 인지한….

당신은 수많은 양들을 하늘 집으로 인도하셨으니
아직도 비천한 저희들의 문이십니다.
나직하게 들려주시는 음성 끊어질까 두려워
무릎 꿇고 가깝게 다가앉습니다.

광야로 치 닿는 모든 영혼들과
대지의 여백으로 존재하는
김수환 추기경님을 그리워하며
침묵 가운데 촛불 하나 밝힙니다.

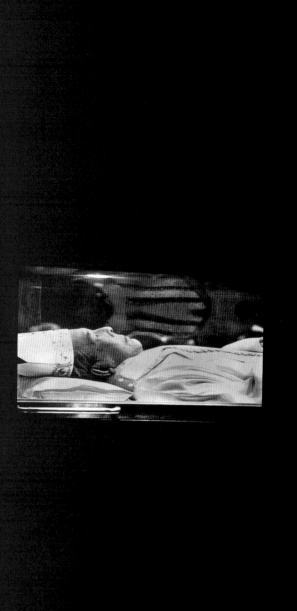

인자무적仁者無敵

박찬현

자비는 모든 형국의 상태를 포용하는 관용이다.

자비로운 사람은 주변에 적이 없다는 고사성어를 흔히들 들어왔음이다.

그 흔한 만큼 또 현실적으로 행하기 어려운 단어가 아닌가 싶다.

인간이 신이 아닌 이상 마음주머니에 미움주머니도 자비로운 주머니도 가지고 있으며, 그 주머니를 얼마만큼 효율적으로 사용했는지 여하에 따라 그 인격이 가늠지어지는 것이다.

미움의 마음을 상쇄하기 위해서는 자신의 화를 다스리고 참음이다.

억울하고 분노하는 마음도 내면으로 가라앉히고 얼마만큼 참아내는가에 주안점이라 할 수 있겠다.

화를 다스리는 데에는 오랜 기간 숙련된 자아성찰이 밑받침이 되어 주는데 그 교량 역할은 자신만이 해결해야 할 묵상이다.

이를테면 성서 구절을 탐독하여 자신을 독려하고 채근하고 잘못 된 점을 가려내어 자신부터 성찰에 깊이 임하는 훈련과정이다.

그러한 일련의 시간의 과정이 흐르고 나면 상대방의 모습이 부상한다. 그렇다고 상대방을 비난할 거리를 찾자는 것이 아니라 상대방에게서도 나타나는 단점을 위해 기도를 드려보는 과정이다. 이러한 과정 속에서 우리는 참으로 감사해야 할 것이 하나 있다. 자신 주변에 보이지는 않지만 마음의 찌꺼기를 소거할 수 있는 창조주가 계시고, 우매한 우리의 상념을 잘 정리하여 하느님께 전구해주시는 분이 계시기에 아마도 그 수행과정은 손쉬울 수도 있음이다.

우리의 속내를 잘 정돈하여 전구하여 주시는 전구자는 동정으로 그리스도를 잉태하셨던 성모 마리아님이시다. 그분께서 우리들 삶속에 존재하여 주셔서 우리는 평화롭게 기도를 올릴 수 있는 것이다.

예수님께서도 성모님을 모시고 전도여행을 하시면서 '가나의 첫 기적'사건을 보면, 성모님의 말씀에 마음과 정성을 기울이신 성서 기록이 나온다.

예수의 어머니는 하인들에게 "무엇이든지 그가 시키는 대로 하여라." 하고 일렀다. (요한 제2장 5절)

예수께서는 "그 항아리마다 모두 물을 가득히 부어라." 하고 이르셨다. 그들이 여섯 항아리에 물을 가득 채우자 예수께서는 "이제는 퍼서 잔치 맡은 이에게 갖다 주어라." 하셨다. 하인들이 잔치 맡은 이에게 갖다 주었더니 물은 어느새 포도주로 변해 있었다. (요한 제2장 7~9절)

하느님의 외아드님이신 예수그리스도께서는 이렇게 당신 모후의 말씀을 귀담아 들어주신 대목이다.

이렇게 늘 자비하시고 인류의 구원을 위해 가교 역할을 하고 계시는 동정성모님께 달아 드는 것이 나약한 인간의 본성인 것이다.

하여 우리는 죄 가운데 늘상 살고 있지만 성모님을 전구자로 우리의 염원과 기도를 간구하는 것이다.

아울러 우리도 성모님의 겸손함과 자비로움을 배워 그러한 삶을 살기를 염원해보는 마음이다.

이제와 우리 죽을 때 우리 죄인을 위하여 빌어주시기를 또한 간구하면서.

오늘도 나에게로 향하는 적을 상쇄하려 자비로움을 기원해본다.

로마의 휴일… 처음 쓰는 사랑 시

허금행

애너벨리,
영화의 흔들리는 여운
나를 휘감는 연보랏빛 안개여
오늘은 시詩를 써야겠네.

잃었던 기억 속 명동의 비둘기들은 다 어디로 간 것일까.
그대 좁은 골목을 돌아 인연처럼 나를 만나네.
로마의 휴일
그 추억이 시작되리.
우리는 함께 걸으며, 그가 명동성당으로 이르는 길을 알려주는 동안
선명히 떠오르는 사랑의 노래가 시작된다네.
흔들리는 보트 안에서 춤추듯 가벼이 걷네.
하나둘셋 하나둘셋….
명동돈까스 간판을 가리키는 그대의 손, 우리는 생맥주를 시켜 건배하고
수채화처럼 거리를 메우는 사람들의 아름다움을 이야기하리.
앤공주의 웃음이 맥주잔에 잠기네.
사랑이 잠기네.
속삭이듯 넘쳐드는 날개 퍼덕이는 대화가 좁게 열린 하늘로 비상하는 동안
나는 그대의 아름다운 모습을 바라보네.
애너벨리, 사랑 노래가 웃음으로 곁에 앉을 때,
그대 손가락으로 머리칼을 끌어올리는 움직임
바람으로 와서 바람으로 떠나듯 떨림으로 나에게 오네.
나의 외로운 손이 그대 팔짱을 끼고 불빛 찬란히 다가서는 거리를 떠나네.
낯선 길, 여기가 어디인가요?
옛날 헌책을 팔던 청계천에는 나 먼데 살고 있는 동안
원시의 바위가 옮겨지고 숲이 흐르는 물을 따라 나를 기다리네.
그가 앞서 층계를 내려가는 동안, 나는 그의 뒷모습에 꿈을 얹어놓고 있었네.
층계 끄트머리에서 나의 손을 잡아 물길을 건네주며 우리가 함께 웃네.
애너벨리
사랑은 떠나던가.

사랑은 흐르던가.

로마의 휴일 그 스물네 시간이 흐르는 물 속에 잠기는 동안 마주 앉은 주막집

사진사처럼 그대의 벗이 함께 하여

우리는 별과 바람과 뜨거운 윤동주의 시를 읽는 동안

그대의 깊은 눈동자 가라앉는 그림자를 바라보네.

솔향기 가득한 언덕을 보네.

우리는 종로를 걸어서 조금 비틀거리는 자동차들의 행렬을 피하며

포장마차에 가리.

밤이 소리 없이 깊어가

거기서 나는 이별을 보네.

떠나야 할 이별을 마주하며 잔을 기울이네.

잊지 않으리.

은빛 포장지에 싸여 하늘색 리본이 매어 있는 그대의 선물

로마의 휴일

아! 애너벨리

일호선 전철역에서 우리가 헤어지네.   .

뒤돌아보지 말아요.

슬픔처럼 아니 우리의 포옹이 떠나야 하는 아픔처럼 거기 있었네.

뒤돌아보지 않고 층계를 내려가며

영원히 그 선물을 열지 못하리라는 가을빛 닮은 눈물이여.

애너벨리, 살아 있는 한 이곳의 방문을 기억하겠어요.

앤공주의 마지막 목소리

바람 한 점 없는 겨울 산에 가득한 소나무 위로 눈이 쌓이고 있을 때에도

그대를 기억하리.

사랑이 오거든.

비로소 내가 나에게로 걸어오는 소리를 듣네.

아름다운 발자국소리를 듣네.

꽃의 화석으로 나에게 머무는 그대를 기억하리.

비가 내린다.

애너벨리.

마지막 시詩 구절을 외우네.

달이 비칠 때면 아름다운 애너벨리의 꿈을 꾸게 되고,

별이 떠오를 때면 나는 아름다운 애너벨리의 눈동자를 느낀다오.

그리하여 나는 밤새도록 나의 사랑, 나의 생명 그리고 나의 신부 곁에 눕는다오.

거기 바닷가 무덤 파도 소리 들리는 바닷가 그녀의 무덤 안에….

5 천국의 문 (용인 천주교 성직자 묘역)

김 추기경의 묘비에는 김 추기경의 사목표어인 '너희와 모든 이를 위하여'와 그가 가장 좋아했던 성경 구절 중 하나인 시편 23편 1절의 "주님은 나의 목자, 나는 아쉬울 것이 없어라"라는 문구가 새겨졌다.

맑은 개울물에 산과 숲이 반추되는 그러한 양심으로 살아간다는 것은 양심이 맑다는 뜻이며 한때 혼돈의 시대를 직면하고 빛과 소금으로 정의를 표출하던 신앙의 기조는 사랑이다. 사랑은 모든 것을 안아주고 덮어주는 관용이기에 김 추기경이 말하는 '바보'는 인문주의에 입각한 가장 기본적인 사랑에 바탕을 두었음이다.

지금도 그분은 천국 문 너머에서 '모든 이를 위하여' 바보처럼 미소 짓고 있을 것이다.

당신 사랑은

조이령

한 처음
점, 점, 점, 점처럼 보일 듯 말 듯한 사람 사랑이었을까요?

서서히
씨실 날실 같은 실선 나라 사랑으로 발전하였겠지요.

가까스로
매달려 떼쓰고 안간 힘 써도 끊어지지 않는 구국 동아줄
사랑되어

차츰차츰
가로 세로 네모난 공간에 차곡차곡 담았던 사랑을

조금씩 조금씩
공기처럼 무한 가득 원형 옹기에서 퍼낸 사랑으로
머무시다가

이젠
부르면 언제 어디서라도 우리 곁에 머물며
귀 기울여주시는 성령처럼

먼 듯 가까이
천상만물 사랑되어 우리 곁에 남아 있습니다.

너희와 모든 이를 위하여

임연수

"너희와 모든 이를 위하여"

사목표어 말씀대로 삶으로 저희의 가슴에 사랑을 남겨 놓으시고 모든 이의 큰 별이 되시어 떠나셨습니다.

내가 다니는 성당 뒷편 성모동산 지나, 십자가의 길 오르는 가파른 산기슭에 물기 머금은 나무뿌리가 생명의 약동을 기지개 켜고 가지 끝 푸른 새 잎을 싹 틔운다. 흙 속의 아지랑이가 희망을 품고 검갈색 흙 속에서 초록이 돋아남에 경건함마저 느끼게 한다. 시린 겨울 회색빛 정지된 인내의 숨을 견디어내고 긴 한숨으로 심호흡하는 파릇한 봄은 살아 있음의 희열이다. 마음 마음이라, 참으로 알 수 없는 마음이다. 너그러울 때는 온 세상을 다 안을 듯하다가도 옹졸할 때는 티끌한 점도 허용할 자리가 없고 북빙의 겨울처럼 시리기만 함을…. 그 무겁고 칙칙한 아집과, 허무하기도 할 뿐 인간적 사회적으로 규정지어진 욕망과, 처연한 자존감으로 짓눌려져 있던 마음의 외투를 후울~훌 벗어 버리고, 봄바람에 가벼운 옷깃 한 자락 살며시 날려보고 싶다. 봄, 그 훈훈하고 온화한 숨결과 포옹으로 얼은 대지를 녹이고, 들판의 풀꽃이 씨를 태동하고, 성모상 앞의 원추리꽃잎도 새싹을 틔운다. 망금정에 앉아 내려다보는 금강 줄기는 그 옛날 라파엘호의 선체를 보듬어 첫 사제의 발길을 이끌고 또 다른 역사를 점 찍었으며 유유히 푸르른 바다로의 여정을 쉼 없이 흐르고 있다.

그러한 나는 지금, 어디쯤 서 있는가.

고독을 찾는 목적은 하느님께 좀 더 가까이 다가가되, 그리스도의 신비체 안에서 온 세상을 함께 끌어안고 가는 데 있기 때문이리라. 무채색 빛깔의 침묵 속에서 나의 마음은 시간과 공간을 초월한 대상적 존재 안에 내재되어진 본질성과 현존함을 붙들고, 가슴 한복판에 인두처럼 달구어져 뜨겁게 각인해야만 한다. 혼절함 속에 타성에 젖은 듯 의례적인 모습으로, 허상의 또 다른 나 자신으로 부활하는 척, 그 핏빛 십자가의 희생을 기만하지는 않았던 걸까? 기꺼이 시린 겨울의 고독은 봄을 맞이하기 위한 기나긴 기다림이었나보다. 십자가상의 두 팔 넓혀 핏빛으로 매달린 하느님 침묵의 절규를 들어야만 하리라.

"죽도록 사랑해서."

기억이 살고 있는 종소리

박찬현

많은 기억 가운데
뇌리에 좌중한 것은
아주 특별한 것이다.

성장한 마을에 교회가 있었고
잘 알고 지내는 이웃 아저씨가
새벽마다 교회 종의 줄을 당겨
무쇠로 된 종을 친다.

그 종탑에서 울려 퍼지는
종소리는 마음을 맑게 했다

어느날
그 아름다운 종소리가
아주 길게 마을에 울려 퍼졌다.
마을 사람이 주검을 맞이 했다는 것

아, 그 종소리가
그 다음부터 슬프게 젖어 왔다.
당시에는
결핵 환자들이 주검으로
교회에서 이승과 마감을 했다.
어느 요정 집 예쁜 아씨들도,
기억에 남는 육손을 가진
요정 집 아름다운 여인도

그 후로 오랫동안
종소리가 날 때마다
나는 그 여인들을 기억해야 했다.

성장해서 명동성당 앞을 지나칠 때
울려 퍼지던 종소리
가던 길을 멈추고 고개숙여 올리던 기도
궁금했다.
교리를 받으면서 암송한 삼종기도라는 것,
올케가 명동에서 드레스 숍을 할 무렵
종소리가 듣고 싶어 시간 맞추어 달려간

아마도 종소리가 나를 성당으로
유인하지 않았나 싶다.

심안에 오래동안 여울져 남은
종소리가 지닌 이야기들
이제는 사진으로 봐도
그 기억들이
살그머니 고개를 쳐든다.

주님의 이끄심으로

조이령

"주여! 당신 종이 여기 왔나이다.
오로지 주님만을 따르려 여기 왔나이다.
십자가를 지고 여기 왔나이다.
주님 부르심에 오롯이 여기 왔나이다."*

주님의 이끄심으로
주님의 길을 향해
주님 십자가를 지고
주님만을 우러르며
주님 안에서
주님과 함께
주님께 의탁하며
주님과 평생 동반자로
주님을 부르며 부르며
주님을 위한 길에
이 한 몸 기꺼이 바치나이다.

그 서약이
그 맹세가
그 언약이
그 선서가
어느 순간에도 흔들리지 않고 헛되지 않도록
기도하고 기도합니다.

주 하느님 아버지
사랑하고 사랑합니다.

*가톨릭공동체 성가 218번 〈주여 당신 종이 여기〉 노랫말을 인용하였습니다.

고맙습니다.

사랑합니다.

그분은 내가 태어나기 전에 이미 나를 아셨습니다

(갈라 1: 15)

한정화

성심수녀회 이정희 수녀님이 내게 주신 성경구절이다.
내가 태어나기 전에 이미 나를 아셨다는 말씀
2박 3일 수녀원에 머무르는 동안 읽고 읽고 또 읽었다.
내가 태어나기 전에 이미 나를 아셨다. 이미 아셨다.
그러니 얼마나 나를 잘 아신다는 말씀인가.
이렇게 방황할 것도 미리 알고 계셨을 테고.
이 방황이 끝나는 날 당신께 돌아갈 것도 알고 계실 테고.
어리석은 내가 당신께 돌아가기 위해 지나야 할 길도
알고 계시다는 말이다.
그렇다면 그런 고통을 겪지 않게 해주시면 안 될까.
어째서 이렇게 헤매게 두시는 걸까.
미리 알고 계시고 다 정해져 있다면
나는 어떻게 해야 하는가.
그냥 두 손 놓고 있어도
당신이 정해 놓으신 길로 가게 되는 걸까.
주님은 이미 나를 알고 계시는데
나는 주님을 못 알아보고 있다.
주님을 알아보지 못하니
어디에서 어떻게 주님을 찾아야 하는지도 모른다.

이런 바보 같은 생각을 하는 나는 분명 바보입니다.

저의 목자여!
이 세상 모든 유행가가 당신이 저를 위해 부르는
노래인 듯합니다.
그렇게 내치지 못하시고 사랑해주시는 당신을
아프게 하고 슬프게 하고 또 십자가에 매달고 있습니다.
그 모든 잘못으로
제가 귀머거리가 되고 장님이 되어 헤매일 때도
당신은 저를 부르고 계시지요.

너 어디 있느냐.

저는 카인처럼 숨어 버린 바보입니다.

당신의 끝없는 은총을 사랑을
제대로 받지도 못하고 흘려버리는 바보입니다.

이 바보를 어찌 그리 사랑하십니까.
도와주십시오. 주님!
저를 온전히 버리고 낮추어서 당신이 원하는
당신의 종이 되게 해주십시오.
당신의 부름에 대답하는 바보가 되고 싶습니다.
당신밖에 모르는 바보가 되고 싶습니다.
당신이 주신 천 년 사랑의 일초라도 보답하고 싶습니다.

"주여 이것저것 생각하지 않겠습니다. 주님께 대한 저의 사랑도 재지 않겠습니다. 그저 주님만 바라보고 주님과 함께 걸어가겠습니다. 저를 받아 주소서. 모든 것이 당신 것이오니 있는 그대로 당신께 맡깁니다."

(2월 13일 추기경님의 피정 마지막 날 일기)

하느님께서 그 시간 안에 함께 계시다

한정화

그날 아침 다른 여느 날처럼 너를 유치원에 데려다주고
돌아와 엄마는 일을 갔지.
다른 날과 다른 것이 하나도 없는 여러 날 중에 하루였는데
유치원에서 전화가 왔어.
네가 갑자기 쓰러졌다고.
아무 생각도 없이 달려갔다.
무슨 일인지 짐작조차 할 수도 없었어. 무슨 일인지.
너를 데리고 응급실로 달려가고,
이름을 옮기기도 힘든 이상한 병에 걸렸다는 것을
알게 됐어.
그 후로 3년.
매일 매일 너를 데리고 자활원에 다니는 동안
우리를 버리고 나갔던 네 아빠는 집으로 돌아왔고
네 동생이 생겼단다.
뱃속에 아가를 데리고 매일 병원으로 출근하면서
엄마는 네 동생에게는 미안했지만
울고 울고 또 울면서
네가 다시 예전의 너로 돌아오길 기도했단다.
사람들은 엄마한테 그렇게 울면 뱃속에 아기한테
안 좋다고 했지만 엄마도 어쩔 수 없었어.
하루 하루 차도는 없고 너의 몸은 점점 네 말을 듣지 않았지.
말을 못하게 되고, 자꾸 넘어지고, 하더니 걸을 수가 없었어.
그래도 너는 웃었다. 힘든 운동을 하면서도 웃었지.
병원에서는 자꾸 움직여야 몸이 더 이상 굳지 않는다고
너를 많이도 귀찮게 했는데 말야.
그렇게 웃어놓고, 아마도 너무 힘들었나 봐.
병원에 가기 싫었나 봐.
아무리 깨워도 잠만 자는 척하는 걸 보니.

네가 하늘나라로 가고
얼마 지나지 않아서 아빠도 엄마 곁을 떠났단다.

엄마가 혼자냐고? 아니.
너 떠나고 얼마 되지 않아서 예쁜 천사가 엄마한테 왔어.
너처럼 예쁘게 웃는 천사가.
너도 없고 아빠도 없지만. 엄마. 괜찮아.
네가 꿈에 나타나서 말했지.
엄마, 씩씩하고 행복하세요. 난 잘 있어요.
힘들게 병원에 다니지 않아도 되고.
어렵게 말하려 하지 않아도 되고.
휠체어 타지 않고 뛰어다니면서
많은 친구들과 재밌게 학교도 다닌다고.

울기도 많이 울었지만 너와 지낸 마지막 3년이 감사해.
그렇게 오랫동안 헤어지는 연습을 하고 인사를 하고
널 보낼 수 있었어.
엄마 마음속에 늘… 네가 있고
네 동생의 웃음 속에 네가 있고
하늘에 구름 속에 바람결에 네가 있다는 걸 알아서
잠시라도 너를 사랑할 수 있는 시간을 받았어.
감사하고 행복하다.
엄마 씩씩하게 잘 살 거야. 약속한다.
네 동생과 엄마. 그렇게 살게. 사랑한다.

우리에게 주어진 고통의 시간을 피해갈 수 있다면
더할 나위 없이 좋겠지만
피하려고 하면 할수록 더 깊어지는 아픔이 될 것이다.
고통의 시간을 주심에 감사하라고 한다면
받아들이기 힘들지만
행여 원치 않은 그 시간이 내 인생에 포함되었다는 것을
알게 되거든
우리를 위해 아들을 내놓으셨던 하느님께서
그 시간 안에 함께 계시다는 것을 잊지 말길 빈다.

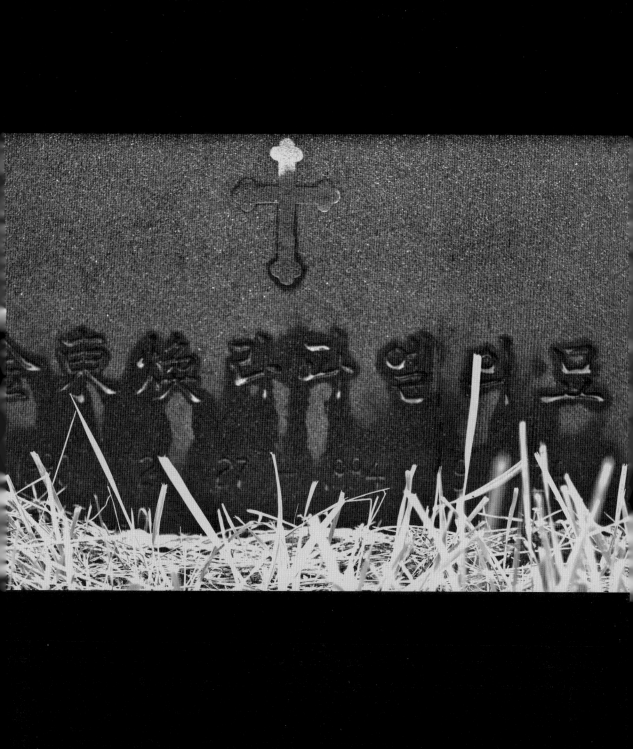

실천으로 의롭게 됩니다

김병주

"사람은 믿음으로만 의롭게 되는 것이 아니라
실천으로 의롭게 됩니다.
영이 없는 몸이 죽은 것이듯
실천이 없는 믿음도 죽은 것입니다."

(야고보 2: 24.26)

교회를 나올 힘조차 없는 노인과 환자들,
당장 한 끼를 해결하기 위해
노동을 해야 하는 가난한 사람들,
영혼의 상처가 너무 심하여
사람들을 대면할 용기조차 없는 사람들,
알코올 중독자들과 성폭력 가정폭력 희생자들,
미혼모와 그들로부터 버림받은 낙태아들,

이들을 감싸는 참사제와 수도자들이 현존하고 있기에
그나마 교회의 명맥이 유지되고 있다고 생각합니다.
교회의 쇄신을 위해 노력하시는 참 사제와 수도자들,
그리고 교회를 위해 헌신적으로 봉사하시는 평신도분들께
머리 숙여 감사와 존경을 표합니다.

성녀 대 데레사의 축일

김병주

어제 10월 15일은 친정어머니와 시어머니 두 분의 기일이었습니다. 물론 돌아가신 해는 다르지만 두 분 모두 세례명이 마리아이시고 같은 날에 돌아가셨습니다. 제게는 그저 우연의 일치라고 할 수 없는 동시성의 사건이기에 신앙의 신비로 다가옵니다. 게다가 10월 15일은 성녀 대 데레사의 축일이기도 하니 주님께서 머리가 아닌 마음 깊숙이 새겨주시는 의미가 깊은 날입니다. 두 마리아 어머니를 위한 기도는 곧 성모님께 드리는 기도가 되며 동시에 신앙인으로서의 제 삶의 뿌리를 회복하는 기도가 됩니다.

사실 영세식을 앞두고 세례명을 정할 때 제가 가장 원했던 성녀는 대 데레사 성녀였습니다. 그러나 생일이 같은 날로 정하는 것이 좋다는 수녀님 말씀에 따라 10월 1일 축일인 소화 데레사로 정하면서 그 어린 나이에도 참 아쉬워했던 기억이 떠오릅니다. 이 나이가 되고 보니 세례명이 신앙인에게 얼마나 중요한 것인지 그리고 원한다고 되는 것이 아닌 은총의 선물임을 깨닫게 됩니다.

소화 데레사의 영성이 제게 주신 선물임을 깨닫는 데 40년이라는 긴 시간이 걸렸습니다. 가장 평범한 일상에서 귀한 보물을 발견할 수 있는 지혜를 청하는 삶, 사소한 일상의 매 순간이 기도가 되는 삶. 어린아이와 같은 단순함으로 주님과 이웃을 사랑하며 기도할 수 있는 삶이 얼마나 귀하고 값진 것인지를 서서히 느끼게 됩니다. 이제 어렴풋이 깨달았으니 제게 주어진 십자가를 지고 소명의 삶을 살아내는 일이 남아 있습니다.

어려서부터 병약했던 저는 움직이는 것을 싫어하다 보니 자연스레 책을 가까이 하게 되었고 사색에 잠기면서 글을 쓰는 것을 좋아했습니다. 지금도 저의 일상은 아침에 눈을 뜨자마자 묵주기도와 매일미사(책)로 기도와 묵상을 하면서 새로운 아침을 열어갑니다. 오전 시간에는 강의도 상담도 외부 특강도 하지 않습니다. 주부인지라 집안일을 하면서 기도와 묵상, 독서와 글쓰기, 음악 감상과 함께 뜨개질과 퀼트를 하면서 침묵의 시간을 가집니다.

6 고맙습니다. 서로 사랑하세요.

그리스도인의 참사랑 '나눔'.

추기경은 늘 '세상 속의 교회'를 지향하며 국민들을 위해 눈물을 흘리는 따뜻하고 인간적인 모습을 보여 왔다. 현대사의 주요 고비마다 종교인의 양심으로 바른 길을 제시하는 한편으로 우리 사회의 소외된 이웃들을 항상 끌어안았다.

가톨릭 신부와 수녀에게는 물론 신도들에게도 항상 나눔을 강조했던 추기경은 그 자신이 검박한 생활을 추구하며 모범을 보였다. 한 번은 미국인 신부가 구멍 난 내의를 입고 있자 "우리 신부들 중 저런 신부가 몇 명이나 될까 모르겠다. 나도 그렇지 못해 부끄럽다"고 고백하기도 했다. 성직자가 따뜻한 밥에 따뜻한 잠자리를 취하며 호의호식하는 걸 늘 마땅찮아 하던 그는 한 끼의 식사, 하룻밤의 안온한 잠자리가 있다면 헐벗은 이들에게 먼저 나눠야 한다고 늘 권면하곤 했다. 그 자신이 마지막까지 장기(각막)를 기증하며, '귀한 나눔'을 우리 앞에 말이 아닌 실천으로 보여준 이가 바로 추기경이다.

평생을 사회적 약자의 위치에서 노동자들의 삶과 인권과 민주화 회복, 민족 화해와 통일에도 교회의 입장과 깊은 열정을 나타낸 한국사회의 큰 어른이셨다.

한때 한국 천주교회에서는 '내 탓이오' 운동에서 참신한 신조어를 남겼지만, 그저 내 탓이기보다 상대방을 존중하고 사랑하기 위한 의미에서 '내 탓이오' 운동이 물결처럼 흘러갔다.

추기경님이 마지막으로 남긴 어록으로는 '고맙습니다. 서로 사랑하세요'이다.

자신을 내려놓는 자세 앞에서는 얼음도 녹여내리는 따스한 사랑의 집결체이다.

나에게는 의자가 하나 있다

한정화

아마 당신에게도 의자가 하나 있으리라 믿는다.

언젠가 그 의자에 가장 소중한 것을 앉히게 될 것인데 자신이 서야 될 곳이 어디인지 찾게 되고 그곳에서 해야 될 일이 무엇인지 알게 되면 어느새 그 의자에 놓여진 것을 보게 될 것이다.

그러나 그때가 올 때까지 누구든지 방황과 고민으로 채우는 시간을 지나게 된다.

누구라도 그랬듯이 고등학생이었던 추기경님은 학교를 빼먹으려고 꾀병을 부렸었고 '꼭 신부가 되어야 하는가?' 하는 질문이나 '나 같은 사람도 신부가 될 수 있을까?' 같은 고민으로 밤을 새웠고, 나라를 뺏긴 젊은이의 끓는 피 때문에 졸업반 윤리시험시간에는 '나는 황국시민이 아니라'는 당돌한 답안지로 교장선생님께 따귀까지 맞았었다.

그 일로 퇴학을 당할 줄 알았는데 하느님의 천사는 일본으로 유학을 가게 함으로 후에 우리의 추기경님이 될 수 있었다.

하느님은 우리를 세상에 보내실 때 이미 우리의 자리를 마련해주신다.

그러나 우매한 인간은 그 자리를 찾아가기까지 많은 방황을 하게 된다.

그런 우리가 제자리로 찾아가서 본래의 임무를 다 할 수 있도록 우리 곁에 수호천사를 함께 보내주시니, 바로 부모님, 형제, 친구들이 우리를 바른길로 인도해주는 하느님의 천사들이다.

때로 가는 길이 힘들고 자신이 없을 때, 행여 내가 나를 믿지 못할 때에도 나를 위해 기도하고 믿어주는 분들이 계심을 잊지 말고 지치지 말아야 한다.

1907년 9월 서울 서소문 밖에서 시작된 〈소의학교〉는 추기경님이 다닐 때는 〈동성상업〉으로 불리었으며 갑조와 을조로 나누어 일반 상업과 신학교를 겸했었다.

지금은 〈동성고등학교〉로 불리며 서울대교구장이 재단 이사장을 맡는다.

2009. 2. 20. 동성고등학교 장례미사

게페르트 신부님

한정화

어려서는 어린 나이만큼의 고민스러운 시간이 있고
어른이 되어서는 많은 나이만큼 고민스러운 시간이 있다.
그런 시간이 올 때마다 우리는 의지할 누군가를 찾게 된다.
어려운 문제를 머리 맞대고 함께 풀 친구를 찾듯이
설사 그 문제가 풀리지 않는 결과가 나온다고 해도
그런 좋은 친구가 있어서 그 힘든 시간을 잘 지났음에
서로가 서로에게 위안이 되고 힘이 되었음을 느낀다.

좋은 벗은, 나에게 좋은 일 있을 때
마음에서 기쁨이 넘쳐 나와 함께 행복해하고
슬픈 일이 있을 때 내가 아픈 것처럼 아파한다고 했다.

학병 입병 통지서를 받고 인사드리러 들렸을 때
축복을 해주시면서 하느님은 결코 너를 버리지 않으실 거라며
울먹이셨던 아버지 게페르트 신부님.
벨기에로 가려던 유학을 독일로 인도하셨던
좋은 스승이신 게페르트 신부님.
추기경이 되었다는 소식을 제일 먼저 알려주며
기뻐했던 좋은 벗 게페르트 신부님.

추기경님께서 스승이며 영적 아버지라고 부르셨던 게페르트 신부님은
아마도 하느님이 보내주신 추기경님의 수호천사가 아니었을까.
친구이며 스승이신 아버지의 모습을 한 수호천사.

일본 도쿄 상지대

"진리에 순종하라."

독일 출신의 게페르트(Theodore Geppert, 1904~2002) 신부님은 일제강점기 김수환 추기경님의 상지대 유학시절, 스승과 제자로 첫 인연을 맺은 뒤 선종하실 때까지 60년의 각별한 교분을 나눴다. 게페르트 신부님은 평소에 "한국에 가서 대학을 세우고 인재들을 키워내고 싶다"고 말씀하셨던 당신 뜻대로 1954년 일본에서 한국으로 건너와 관공서를 직접 발로 뛰며 손수 부지를 마련하시고 학교 설립 인가를 받아내어 1960년 4월에 서강대학교를 개교했다. 그렇게 학교를 설립하는 데 거의 모든 일을 했으면서도 자신은 드러내려 하지 않으셨던 분이셨다. 그토록 극진히 한국을 사랑하셨던 게페르트 신부님.

"죽은 뒤에 한국에 묻히고 싶다"는 생전의 말씀을 따라 고인의 유해는 서강대 교내 도서관 옆 로욜라 동상 아래 봉안됐다.

도쿄 상지대 이냐시오 성당

: 고요한 수도자의 묵상

임연수

힘든 의무감과 역할과 혼돈과 자괴감의
한없는 나락으로 추락하는 우울함의 강 같은
아슬아슬한 기로에서 헤매이다
냉큼 건너 뛰어흘러가는
그 어두운 그림자를 바라보게 된다.
평화로움의 빛이 더 강할 수 있음을
희미하게나마 감지할 수 있었다.
누구나 스스로의 심리적 취약점을 정직하고
용기 있게 들여다볼 때
또한 무거운 저기압의 먹구름 속에서
한 줄기 빛을 발견해지리라.
인정하기 싫어도 인정하고 해부해야만
곪은 상처가 아물고 새살이 차올라
치유될 수 있으리라.

김수환 추기경님께서 고매하신 인품이심에도
「서시」를 읊을 수 없을 만큼 부끄러우시다며,
비할 수 없을 만큼 겸손하셨다.
하물며 그 아무것도 진정 보잘것없는 내 자신은
얼마나 스스로 자괴감에 몸 둘 바 모르겠는가.

죽는 날까지 하늘을 우러러 한 점 부끄럼 없기를
잎새에 이는 바람에도 나는 괴로워했다.
별을 노래하는 마음으로 모든 죽어가는 것을
사랑해야지
그리고 나한테 주어진 길을 걸어가야겠다.
오늘밤에도 별이 바람에 스치운다.

윤동주 시인詩人의 「서시」가 그 어느 때보다도
가슴 절절히
솟구치는 독백처럼 되뇌이며 음미해졌다.
이 매서운 한파 속에 나는 마치도
거대한 빙산 앞에 정체된 듯,
얼음 땡! 속에 갇혀 있었다.

김수환 추기경님 청춘의 신학적 열정을 사르시던
도쿄 상지대 이냐시오 성당에
고요한 수도자의 묵상은
끊임없을 자화상 비추어 보고픈
내가 앉아 있었다.

도쿄 상지대 이냐시오 성당

혜화동 주교관

: 낙엽에의 사색

임연수

김수환 추기경님 계시던
혜화동 주교관 대문 너머
서쪽 하늘에 붉게 물드는 노을을 바라보며
긴 그림자 드리울 뒷배경 또한
그 얼마나 숭고하고 아름다운 저물음인가 묵상해진다.

그래! 샛노란 은행잎이 새빨간 단풍잎에게 묻는다.
떨어질 줄 알면서도 그리도 붉디붉게
온몸을 불태울 수 있었느냐고….
그래! 단풍잎이 말한다.
은행잎 또한 수줍은 새색시의 샛노랑 저고리색 같았노라고….
그러고 보면, 노랑 저고리 붉은 치마
너무도 아름다운 색채의 조화였다.
황금빛 희망과, 붉은빛 열정을 살다 떠도는
낙엽을 모아 태워보리라.
그 낙엽의 향기마저 그립고,
매캐한 연기 속에 후각을 통해 뇌리 속에 기억되는,
이 가을의 상징적인 너를 잊지 않으리.

하느님은 그 어디에서도 찾아내어 길을 막고,
근심어린 표정으로 내려다보실 것만 같다.
그 대문 앞 서성거려 본들
보고 싶은 임의 모습은 찾을 길 없고
하늘 가득 그리운 미소만 맴돈다.

사랑의 표징

박찬현

침묵이 깔린 가톨릭 성심신학대학 교정에 묵묵히 서 있는 마음의 이정표인 표석 하나 '진리'·'사랑'·'헌신'.

진리는 자유이며, 사랑은 우리를 지으신 모상이 사랑이시다. 헌신은 자유로운 영혼으로 하늘이 가르쳐준 진리를 토대로 보내주신 분이 사랑이듯 그 고귀한 사랑의 완전함을 이루기 위한 자신을 드리는 과정이라고 생각한다.

한 인간이 자신을 세상을 위해서 모든 것을 내어 놓는다고 무엇이 얼마만큼 달라지겠는가 하는 의구심도 들법한 내용이기도 하다. 그러나 하나의 정성이 둘 이상 모여서 우리가 되고 전체가 되는 일은 오직 마음이라는 곳에서 유발되는 현상이기도 하다. 성서에서는 천지 창조주께서 완전한 사랑이신 당신을 토대로 마지막 날 인간을 창조하셨다고 기록한다. 창조주를 닮은 인간, 그 안에는 분명 아름다운 사랑이 내재되어 있으며, 그 사랑은 언제가지나 유효한 산물이기도 하다. 그리하여 사람들 마음 한 쪽에는 선한 사랑이 늘 촛불처럼 타오르고 있음이다. 세상을 살면서 생겨난 생채기로 인해 안으로 마음을 움츠리다 보면 어느 시점에서 우리는 그 원초적인 사랑과 대면을 하게 된다. 유형무형의 사랑과 만나는 선에서 그동안 갚아 온 상처는 사랑으로 치유되고 새로운 사랑으로 전이되는 것이 창조주의 궁극적인 사랑이다. 사랑은 범우주적인 존재여서 팽창을 한다.

"나는 이 사랑으로 무엇을, 어떻게 사용하며 앞으로 살 것인가"라는 무한의 질문.

세상을 몇 바퀴 돌고 돌아온 이의 영혼에는 사랑을 새롭게 만지며 사용할 수 있는 지혜를 하늘로부터 인지를 받는 것이라 해도 과언이 아니다. 삶의 정표가 확실하게 정돈된 곳에서부터 사랑은 출발한다. 그것은 자신과 가정과 이웃을 돌아보는 개념에서 한 발 더 앞으로 나아가 인간을 위한 최대의 고민이 헌신하는 것일 것이다.

그 헌신으로 말미암아 사랑은 완성되고 그것을 표본으로 진리가 완성되는 것이다. 사랑의 팽창이 없으면 그 사랑은 절대 나누어질 수 없는 불필요한 존재이다. 하여 나눌수록 커지고 팽창하는 것이 사랑의 진면목이라 할 수 있겠다.

고故 김수환 추기경님께서는 몸소 진리와 사랑과 헌신을 보여주신 분이시다.

이 모든 문구를 행동으로 옮기는 일은 깊이 들여다보면 난관에 봉착할 일들도 많다. 그러나 한 분이신 예수그리스도께서 일찍이 모든 것을 드러내셨음이다. 그분은 진리라는 자유를 위해 목숨을 희사하셨고, 사랑이라는 새로운 신약 성서를 쓰게 한 하늘나라 법을 제정하셨다. 또한 그분은 인간이 가진 카인의 유전자를 상대로 하염없이 능욕 속에 짓밟히셨다. 만유 위에 존중 받으셔야 할 분이 손수 진리와 사랑과 헌신의 본보기가 되어 주시지 않으셨던가. 그러니 우리는 광야에서 불어오는 한낱 바람 앞에 휘어지거나 흔들릴 이유가 없는 것이다. 구리뱀처럼 저 높이 달려 계시는 메시아의 상징물을 늘 두 눈으로 보아 오고 있는 생활이다. 그 명분 있는 길을 걷고자 하는 교정의 머릿돌은 과거에서나 현실에서나 미래에서도 우리의 영원한 사랑이신 예수그리스도의 표징이다.

우리도 그분과 같이 함께 삶을 사랑하며 그 사랑이 전이되는 역할을 각자 마음에 새기고 오늘을 살아야 하겠다.

✝ 가르멜 수녀원

이곳에서 한국의 첫 수도생활을 할때
사용한 우물 1940.5~1963.5.17

우물의 묵상

임연수

김수환 추기경님 혜화동 관저의
가르멜 수도원 처음 사용됐던 우물의 묵상은
수녀원 신비로움의 추억 속으로 이끌린다.
어느 해이던가 나는 우리나라 어느 지역에 있는
봉쇄 수녀원에 갈 일이 있었었다.
마침 금요일 오후 3시 성체 강복 시간이었다.
성전 옆 창살로 가로 막혀져 있는 경당이 있는데
일반인들은 몇 명 정도
그 나무 창살 틈새로 미사 볼 수 있었다.
저쪽 너머 성전 끝자리 쯤
수녀님들 모습은 보이지 않고
'천상의 천사들인가?' 싶을 만큼
맑고 청아한 성가 목소리만 들려왔다.
마치 내가 전혀 딴 세상에 온 듯한
환상에 젖을 만큼
매우 신비로운 분위기 속에
성체 강복 드린 일이 있었다.
봉쇄 수녀원은 입회하면 평생 밖을 나올 수 없고
오로지 관상 기도만을 전념하며
주님 천상의 신비 속에 산다했다.
세속에 몸담고 살고 있는 사람의 관점에선
도무지 무슨 의미일까

이해하기 어려울지도 모르겠다.
수직적 일치감의 하느님께의 오롯한 봉헌의 삶
맑은 눈빛의 평온함과 동심의 순수함이여.
어쩌면 아등바등 인고의 바다를
노 저어 가야 하는
이 내 몸보다 훨씬 더 행복할지 모르겠단 생각이
떠나지 않을 만큼 신선한 충격의 경험이 있었다.
젊은 한때 나 또한 청춘의 고뇌 갈망 못해
막연히 수도승이거나 수도자 동경하며
기웃거린 적 있었다.
인간 본연의 깊은 고독은 어쩌면
하느님께로의 지향된
내면의 뿌리가 있을지 모르겠다.
그랬다, 맞다.
심연의 깊은 우물 속
처연한 고독 안에서 오롯이
축복으로 만날 수 있는 하느님.
그 날 그 수녀원 마당 정원에는
보랏빛 맥문동 꽃이 물결치듯 흐드러졌었고
맥문동 꽃만 보면 천상 성가 귓전에 어리며
그 신비함 속으로 나를 온통 실어간다.

211

절름발이

허금행

6·25가 나던 해 초가을에 경기도 김포에서 태어나자마자, 나는 부산으로 피난을 갔다. 나중에 들어서 이야기하지 않았지만 선박회사 사장집 2층을 세 들어 모든 식구들이 합류했다고 한다. 갑자기 갓난쟁이인 내가 고열이 심하여, 어머니는 낯선 동네에서 물어물어 어느 의원을 찾았고, 주사를 맞고 열은 내렸으나 오른쪽 다리를 제대로 움직이지 못했다. 그리고 발육이 정상으로 되지 않아 나는 절름발이가 되었다. 그 병원의 의사는 어디론가 없어진 후에, 병원 조수하던 사람이 남아서 의사노릇을 했다는데, 그때 주사 바늘이 신경을 건드렸다고들 하였다.

초등학교에 입학하고부터 나는 아주 조용한 학생이 되어 갔고, 쉬는 시간에도 밖으로 나가지 않고 창가에 앉아 밖을 내다보았다. 그것도 하염없이… 가장 부러운 것은 층계를 한꺼번에 서너 개씩 뛰어오르고 내리며 도망가고 따라가고 하는 아이들이었다. 중학교 입학시험에 그때는 체능이라는 것이 있어서 달리기, 멀리뛰기, 턱걸이… 등을 시험 보았는데, 나는 달리기는 5점 만점에 2점을, 멀리뛰기는 3점을 넘지 못했다. 어머니는 담임선생님을 찾아가서 전쟁에 다친 다리이니 어떻게 중학교에 사정을 해서 체능점수를 조정해 달라고 했다. 그러나 학교에서는 중학교를 낮춰가는 수밖에 없다고 말할 뿐이었다.

그리고 고등학생이 되었다. 아이들은 나를 절름발이라고 불렀기 때문에 나는 내 두 다리를 자세히 관찰하기 시작했고, 두 다리의 길이는 같다는 것을 알아내었

다. 그러니까 상처받은 오른쪽 다리가 약하므로 내딛는 시간을 짧게 하고, 왼쪽다리로 옮기는 내 걸음걸이를 고쳐보겠다고 생각하고 시작했다. 북아현동에서 서대문까지 나는 걸으며 하나둘, 하나둘 쉬지 않고 구호에 따라 다리를 움직였다. 그렇게 시간을 조정하고 하나둘… 하는 구령이 내 머릿속을 떠나본 적이 없었다. 그리고 나는 고등학교를 졸업할 즈음에 제대로 걸을 수 있게 되었다.

세상에는 아무리 이를 악물고 노력해도 할 수 없는 일이 너무나 많다. 그래서 사는 것이 눈물겹고 힘겨운 것이다. 아무리 빨리 뛰어보려고 해도 달리기에서 2점 이상의 점수를 얻을 수 없는 일이 허다했다. 그러나 나는 쉽게 포기하지는 않는다. 노력한 만큼 무엇인가 얻을 수 있다는 기대감을 져버리지 않기 때문이다. 물론 나의 오른쪽 다리는 아직도 약하여, 우중충하고 비가 내리는 날이면 신경통으로 비틀고 저미는 듯한 통증을 종종 느끼며 심할 때는 통증약을 먹어야 한다. 그리고 내 오른발은 1cm 작기 때문에 신발을 사는 것도 쉽지 않다. 그러나 그러한 그늘들은 나를 지키는 어떤 보이지 않은 힘이며, 가라앉지 않는 아우성이라고 믿는다.

이 가을에는 정신적인 균형에 대해서 깊이 생각하며 지내볼까. 태풍으로 마지막 잎새 하나 남기지 않고 다 떨군 빈 숲에 대해서…, 그래서 쓸쓸하고 희망 없는 메마른 곳을 향해 작은 눈짓으로 봄이 있다는 것을 이야기해볼까….

부르심에 따르는 길

김명훈

투박한 큰 돌로 소맷돌을 삼아서 길게 쌓아 올린 계단이 한적해 보인다. 층계 가운데쯤 한숨 돌릴 굽이를 마련해두어 한결 여유로워 보이지만, 계단이 길고 높으며 묵직한 돌이 가녘을 두르고 있어 오르기에 벅차 보인다. 끝자락에 하늘이 빼꼼히 열려 있어서 그 너머가 궁금하다.

이 계단을 바라보노라니 독일의 낭만주의 화가 가스파 다비드 프리드리히(Gaspal David Fredrich, 1774~1840)의 〈해변의 수도자〉(1809)가 중첩된다. 〈해변의 수도자〉는 캔버스의 8할을 바다로부터 구름이 어린 하늘이 차지한다. 풀 한 포기 없는 해변의 황량한 모래밭에 한 수도자가 검푸른 바다를 통해 이어진 대자연의 한가운데 있다. 바다와 하늘은 아무런 관심이 없는 듯 그저 침묵할 뿐이고, 수도자는 존재감이 잘 드러나지 않을 만큼 작은 모습으로 물끄러미 한 쪽 검은 바다를 응시하며 서 있는 모습이다. 이 그림을 보면 많은 생각이 든다. 수도자가 분명히 그림의 주인공이지만 중심에 서 있지도 않고 중앙을 응시하지도 않으며 약간 비켜서기는 했지만 등을 돌리고 서 있다. 바다와 하늘이 맞닿은 수평선 아래 검푸른 바다를 배경으로 짙은 감색의 카푸친(Capuchin)*을 입고 서 있는 수도자는 결코 드러나지 않는다. 하늘과 바다에는 달도 없고 바람도 없어 아무런 반응도 없이 그대로 멎어 있는 느낌이다.

〈해변의 수도자〉의 주인공처럼, 이 계단을 오르며 얼마나 많은 젊은 예비 목자들이 번민을 하였을까? 뜨거운 아픔과 고독이 물씬 묻어난다. 이 계단을 끝까지 올라서면, 이제부터의 삶은 쉼 없이 자맥질하는 온갖 에고의 출현을 억누르고 오직 주님의 말씀을 믿고 따르며 주님의 말씀을 전하고 교회를 구성하는 모든 사람들의 눈 속에 갇혀 살아야 하는 것이다.

사람이기에 자연스럽게 마음속에 생겨나는 욕심과 이기심을 모두 버리고, 끊임없이 차오르는 나쁜 것들을 한결 한결의 숨결에 실어내보내고, 마음의 빈자리를 정결하게 하여 성령의 맑은 영으로 채워가는 삶이다. 어찌 사람이 갈 수 있는 길이겠는가. 다만 주님의 부르심이 있기에 따를 따름이리라.

성운 스님은「구도자의 길」이란 시구에서 구도자의 길은 너무나 멀고 멀었다고, 그리고 마음이 서러워 허전할 때는 숱한 밤들을 뜬눈으로 지새워야 했다고 고백한다. 김수환 추기경님께서 돌아가시기 전에 노트에 써놓은 마지막 메모가 "나는 누구인가?" 자신에 대한 물음이었다. 한편으로 보면, 예수께서 베드로에게 "너는 나를 누구라 하느냐?"와 같은 의문을 가지신 듯하다. 헤겔은 생각의 발현을 즉자적인 것과 대자적인 것으로 구분하여 인간이 자신을 의식하는 차원을 '즉자적 자아'와 '대자적 자아'로 구별하고 있다. 나 자신이 나를 바라보는 즉자적 자아와 제삼자가 나를 바라보는 대자적 자아로 구분하는 것이다. 김수환 추기경님 자신도 즉자적 자아로 보는 '나는 누구인가에 대해 답을 찾지 못하셨고, 대자적 자아로 보는 '나'에 대한 의문도 여전히 풀지 못한 상태였음을 고백한 듯하다.

부르심에 따르는 길은 큰 어려움을 감내해야 하는 고된 일이나 나의 삶은 무엇인가에 대한 답은 누구에게도 영원히 얻을 수 없는 것이며, 앞서간 이들의 경험을 통한 예지와 자신의 종교적 체험을 통해 새로운 자아를 발견해 가는 과정일 것이다.

*카푸친(Capuchin): 중세 카푸친회(가톨릭 수도회의 하나)의 수도승이 착용한 복식의 한 타입으로 코트이다. 끝이 뾰족한 후드가 달려 있으며, 후드의 모양이 독특하여 단지 이 후드만을 말할 경우도 있다. 헐렁하고 길이가 긴 코트이고 후드도 크고 넓다.

혜화동 가톨릭 신학대학 교정

혜화동 가톨릭 신학대학 교정

그녀의 붉은 봉숭아

주민아

　　가톨릭 세례를 받고 나서 가장 먼저 청년 성서 모임에 들어가 창세기를 공부했다. 무릇 경전을 공부하는 일은 그 심오한 뜻을 해석하고 헤아리는 과정이다. 더구나 문학 전공자인 그녀에게 경전의 즉자적 해석에서 더 나아가 사람과 삶의 이야기로 치환하는 것은, 성경이라는 서사를 가장 잘 이해하는 방법이다. 그래서 성경 텍스트를 일정한 관점으로 바라보고 인물·사건·배경을 상세하게 분석하는 작업이 최선의 방법이라고 짐작했다. 다시 말해 성경 텍스트와 구절 하나하나를 해부하듯 들여다보기 시작하면서, 문학비평가가 구사하는 예리한 서사 기술을 뽐내려고 했다. 여기에서 그녀는 중요한 전제 조건 한 가지를 망각하고 있었다.

사실 그녀는 그런 기술을 쓰기 위해 꼭 필요한 신앙적 도구는 전혀 갖고 있지 못한 상태였다. 신앙적 도구는 다름 아닌 그녀 자신이 이제는 하느님의 자녀로 다시 태어났다는 사실을 인식하는 것이었다. 세례를 받기 전에는 자연인의 입장에서 성경을 기독교 신화로 한정시켜 논했다. 세례를 받은 후에는 성경은 단순히 신화가 아니라 종교적 교리와 가르침, 신앙의 기초와 윤리가 오롯이 담긴 경전이 되었다. 아니, 되어야 했다. 이 당위성 앞에서 그동안의 관성적 사고는 쉽게 변하지 않았다.

그런데 날마다 어린 봉사자의 헌신과 훨씬 어린 후배들과의 나눔을 해나가면서, 그녀가 머릿속에서 나눈 이분법은 시나브로 사라지고, 대신 그 자리에는 창세기에 마냥 즐거워하는 신앙의 어린 아이가 앉아 있었다. 이후에도 때로는 창세기의 비현실적인 상황에 대해 비논리적이라며 투덜거렸고, 때론 그 비현실성이 너무도 신비하게 이어지는 모습에 감탄하기도 하면서 그렇게 신앙의 도구, 그러니까 그녀의 인식은 깎이고 잘려나가며 모양을 잡아갔다.

그 시절 이해인 수녀님의 시「봉숭아」는 극과 극을 오가는 그녀의 여린 심장을 가장 '진하게 물들인' 메시지였다. 16살 중학교 2학년 여름방학 시절에 처음 알게 된, 그 시가 20대 후반의 대학원생에게 비로소 '불을 놓는 꽃잎'이 되었던 것이다. 마치 봉숭아물들인 손톱이 첫 눈이 내리기 전까지 다 지워지지 않으면 첫사랑이 이루어진다는 세간의 이야기처럼, 그녀는 그렇게 애틋하게 신앙의 첫사랑을 겪었다.

한여름 내내
태양을 업고
너만 생각했다.

이별도 간절한 기도임을
처음 알았다.

어떻게 살아야 할까.
어떻게 잊어야 할까.

내가 너의 마음 진하게
물들일 수 있다면
네 혼에 불을 놓는
꽃잎일 수 있다면

나는 숨어서도 눈부시게
행복한 거다.

김수환 자화상
2007

218

비움의 자화상

김명훈

김수환 추기경님께서 그리신 추기경님의 자화상이 2007년 10월 18일에 열린 동성중·고등학교 개교 100주년 기념 〈현대미술 오늘과 내일〉전을 통해 공개되었다. 내가 본 자화상 중에서 가장 단순한 그림이다. 자화상에 당신을 지칭해 '바보야'라고 쓴 것은 당신 스스로 생각하는 당신의 정체성으로 보인다. 단순한 그림이지만 느낌이 깊다. 선종하기 1년 4개월 전인 85세에 자신의 모습을 그린 것이니, 추기경님께서 자신의 인생을 돌아본 당신의 모습이며 다른 사람들에게 그렇게 비추어지기를 원하신 모습이다. 그림을 보면서 드는 첫 느낌은 비어 있다는 것이다. 그저 얼굴을 구성하고 있는 인체기관들이 빠지지 않고 차 있을 뿐 잘생겨 보이게 그리려는 노력의 흔적은 어디에도 없고, 입가에 점 하나를 찍어 슬며시 웃음을 자아낸다. 추기경님께서도 텔레비전에서 코미디 프로그램을 보셨던 모양이다. 실제는 얼굴에 점이 없는데 바보의 상징인 입가의 점을 챙겨 찍으셨다. 평소의 유머감각이 자화상에 화룡점정이 되었다. 입가에 찍은 점은 바보가 됨을 형상화한 것으로 자신을 낮추는 삶을 살아온 인생여정의 상징인 셈이다. 얼굴선의 묘사를 통해 고흐가 그린 자화상처럼 정면을 응시하지 않고 시각을 약간 비스듬한 방향으로 설정하였다. 일자 눈썹과 작은 입을 통해 온화한 성품이 은은히 풍겨나기까지 하니 가히 걸작이라 아니 할 수 없다.

추기경님의 자화상에는 비움과 유머가 있으며 추기경님의 성품을 그대로 담아내는 온화함이 가득하니 추기경님께서 살아오신 평생의 모습을 잘 함축하고 있다. 비움은 부단한 노력을 통해 낮아지고자 하는 겸손에서 우러나는 것이다. 즉, 사도로서 온전히 순명하는 삶을 지향함으로써 자신을 낮추고 활짝 열어 인간으로서의 온갖 욕망으로부터 자유롭게 되고 자신의 삶 전체를 모든 사람들과 공유하려는 노력인 것이다. 나를 비우고 나를 열어 주님을 주인으로 삼고 그 가르침을 오롯이 실천하는 삶은 영성靈性으로 가득한 삶이다. 낮은 곳으로 행하여 그리스도의 향기를 전하고 하느님의 어린양에게 울타리가 되어야 하는 권력에는 단호하게 정의로움을 요구하는 온유함과 강건함의 행실은 영성의 삶이며 그 뿌리에는 비움이 있다.

심리학자 아들러(Alfred Adler, 1870~1937)는 사람의 성격은 유전적인 요인과 환경적인 요인에 의해 형성된다는 것을 인정하면서 개인이 가지고 있는 창조적인 힘이 인간의 성격을 결정하는 데 더 큰 영향을 미친다고 주장한다. 평생의 삶을 담은 추기경님의 자화상을 보면서, 추기경님께 신앙이 중심이 되는 큰 사랑을 가슴속에 싹 틔워주신 추기경님의 어머님과 추기경님께서 사제가 되어 자신을 영성의 그릇으로 빚어내신 추기경님의 성품과 삶의 행적에 감사의 마음이 절로 우러난다.

추기경님께서는 "서로 마음을 같이하며 높은데 마음을 두지 말고 도리어 낮은 데 처하여 스스로 지혜 있는 체 말라"(로마서 12장 16절) 주님의 말씀을 실행하며 사셨음을 다시금 깨닫게 된다.

홀로 남은 소년의 기도

김명훈

전쟁의 폐허에
깨진 사금파리 사이로
숨결이 움직인다.

길거리로 쏟아져 나온 사람들
상처를 감싸 매고
먹을 것을 찾아 헤맨다.

서로 부둥켜안은
반가운 눈물
손을 부여잡곤 흩어진다.

모퉁이를 돌고 나면
얼핏 얼핏 마주치는 시선들
날카롭게 번득인다.

홀로 남은 소년은
거센 삭풍을 여미지 못하고
쪼그리고 앉아 갈 길을 헤아린다.

밤이 깊어 몸이 시린 소년은
언덕 위 불빛을 보며
온기를 쫓아 오른다.

두려움에 움츠리며
수줍게 손을 내밀어
성당의 문을 연다.

고요한 평온함이
소년을 품어 안는다.
따뜻한 안식이다.

발자국 소리를 조심하며
한발 한발
제단 앞으로 다가간다.

아버지의 부름이런가
소년은 다소곳이 무릎 꿇고
머리를 숙인다.

열손가락

김병주

모세의 십계명은 하늘에 계신 아버지께서 완전하신 것처럼 우리도 완전하기를 바라시는, 하느님께서 바로 우리에게 내려주신 사명입니다. 따라서 십계명을 이해하는 것은 곧 10(Decad)을 이해하는 것과 같으며, 10을 이해하는 것은 곧 모든 것을 아는 것과 같다고 할 수 있습니다.

오리게네스는 "모든 수의 의미와 기원은 10으로부터 나온다"라는 견해를 밝혔고, 아우구스티누스는 "10은 지혜의 충만함을 나타낸다"고 주장하였습니다. 뿐만 아니라 아리스토텔레스는 현실을 체계적으로 이해하기 위해 열 가지의 철학적 범주를 발전시켰습니다.

성경에서 숫자 10은 완성과 완전, 과거와 그리고 새로운 시작을 나타내는 수입니다. 아담 이후 열 세대 후에 노아가 등장했고, 그로부터 열 세대 뒤에 아브라함이 등장하였으며, 아브라함은 열 번의 시험을 받은 후에야 100(10×10)세에 이르러 하느님의 계약을 받아 비로소 믿음의 원조가 되었습니다.

이집트의 파라오로부터 히브리 민족을 해방시키고자(탈출 7: 12) 주님은 이집트 땅에 열 가지의 재앙을 보냈으며, 모세에게 시나이 산에서 십계명을 내리게 됩니다(탈출 20: 1~17). 또한 다윗은 하느님을 찬양하는 시편을 부를 때 현이 열 줄인 악기 비파를 사용하였습니다.

신약성경에서도 10은 고귀한 일을 의미하는 상징으로 등장합니다. 열 가지의 재능과, 신랑을 기다리는 열 명의 처녀(마태 25: 1~13), 혹은 예수님께서 열 명의 나병 환자를 고쳐주신 기적 이야기(루카 17: 11~19)가 나옵니다.

잃은 양 한 마리의 비유(루카 15: 3~7)에서는 반드시 양 한 마리가 채워져야만 100마리가 되는데 여기서 100(=10×10)은 완전의 완전을 뜻하는 수입니다. 5000명을 먹이신 기적(요한 6장)에서는 1000(=10×10×10)은 깨달음, 정화, 완전(또는 시작)과 함께 대단히 큰 수를 의미하며, 재생의 수인 5와 결합되어 영원히 예수님의 성사가 계속됨을 상징하게 됩니다.

이처럼 성경에 있는 10에 관한 상징들은 완전에 대해 말하고 있으며, 사람들에게 완전하기를 요구합니다. 그런데 예수님께서는 완전함으로 가는 가장 단순한 길을 우리에게 안내해 주십니다. 즉, 어린아이와 같은 순수한 영혼들이 하늘나라를 차지할 것이라고 말씀하십니다(루카 18: 15).

아이들은 3세경이 되면, 처음으로 사랑의 대상(대부분 부모와 형제)에 눈을 뜨게 되고, 사랑의 감정을 적극적으로 표현할 수 있게 되며, 사랑하는 사람과 영원히 함께 하고픈 소망을 가지게 됩니다. 또한 자신의 존재가 어디에서 왔는지, 그리고 어디로 가는지에 대해 무척 궁금해합니다. 바로 '영원永遠'의 눈이 열리게 되는 것입니다.

어른이 되어서도 그 '영원永遠'의 눈으로 세상을 보는 사람들은 어린이들처럼 사랑의 날개를 가지고 있는 '영혼靈魂의 천사'들일 것입니다. 순간 속에서 영원을 바라보며, 미움이 깃드는 순간 사랑의 날개를 달고, 몸이 전해주는 영혼의 소리에 귀 기울이면서, 사랑의 천사로 살아갈 수 있도록 하느님의 지혜를 청해봅니다.

어머니의 모시적삼

조성범

하얀 눈으로
어머니가 눈을 뜨고

계절 따라 산천초목이 꽃웃음을 터트리듯
어머니는 늘
웃음을 넣어주셨습니다.

아버지의 빈자리를
어머니는
하얀 품으로
새벽빛을 물고 오서서
어머니의 눈에 넣어 호호해주시고
향기 나는 눈으로
달달 볶아 닦아주셨습니다.

애비 없는 자식이라 놀림 받고
초가집 툇마루에 앉아 먼 산 바라보며
눈을 풀고 있으면
엄니의 가녀린 두 손이
머리를 쓰다듬고 계셨습니다.

산마루 위의 집에
땀을 줄줄 흘리며 뛰어올라

어머니의 모시적삼에서 배어나오는
하얀 눈물소리에 눈을 감고

어머니의 젖가슴에
내 얼굴을 묻으셨습니다.

비바람에 옷이 흥건히 젖어오는 나를
어머니는 우산 대신
새하얀 저고리로
소나기를 막아주시고 씻겨주셨습니다.

어머니가 부르십니다.
수환아! 수환아!
어디 있니, 어디 있어
네 엄마
저 여기 있어요.

어머니의 옷고름이
내 그림자 위에
살포시 눕습니다.

사랑해야 할 일

박찬현

모두가 사랑이면 좋겠습니다.
한 쌍보다 더 크니까요.

손 내미는 이들의 심정을
가슴으로 받아들이면 좋겠습니다.

하늘의 별들을 그렸으면 좋겠습니다.
슬픈 눈동자 위에 흘렀으면 해서요.

모두가 사랑이면 좋겠습니다.
모두의 마음이 아름다워지므로.

잘못된 생각을 하는 영혼은
가까이서 보면 불쌍한 이웃입니다.

우리가 올리는 기도는
노래가 되고 별이 되어서
그 불쌍한 이웃들에게 치유의
꽃비와 반짝이는 별비가 되어 내립니다.

살아 있으면서 아픈 영혼들이
아직 이 세상에는 너무 많습니다.
마음으로 사념하고 걱정하는 것도
진솔한 기도입니다.

모두가 사랑이면 참 좋겠습니다.

들어주세요

한정화

저의 귀는 제 아이들과 제 아내의 소리만 들리고
저를 낳아 키워주신 어머니의 한숨소리는 듣지 못합니다.

저의 눈은 보고 싶은 것만 보느라
어머니의 주름살과 눈물은 보이지 않습니다.

언제부터인지 저도 모르겠습니다.
어떻게 하다가 이렇게 되었는지 저도 모르겠습니다.

처음에 어머니가 배를 열고 저를 세상에 오게 했을 때는
어머니밖에 몰랐고 어머니만 있으면 됐었는데

언젠가부터 어머니로부터 받은 사랑과 희생을
모른 척해야 사는 것이 좀 편안한 귀머거리 장님이 되었습니다.

그런 저에게 어머니는 여전히 아낌없이 내어주십니다.
모자라는 아들이라고 내치지도 않으시고
부끄러워하지도 않으시고
너만 평안하게 살면 된다고 하십니다.

어쩌다 하는 수 없이 꼭 가야만 할 일이 생겨서 한 번 찾아가 뵈면
우리 아들 사느라고 힘들어서 어쩌냐시며 제 건강을 걱정하십니다.

아마도 매일 매일 저를 위해 기도하시겠지요.
보고 싶은 마음도 서운한 마음도 쌓지 않으시고
그저 저 하는 일 잘 되라고 빌고 또 비시겠지요.

가끔은 어머니께 좀 더 잘해야지 하는 생각을 할 때도 있습니다.

그런데 한 쪽 귀로 들리는 편안함과
한 쪽 눈앞에 닥쳐 있는 게으름이
언젠가 제게도 있었던 나머지 한 쪽의 귀와 눈을 멀게 합니다.

그리고 반쪽만 남은 심장이 떠들기 시작합니다.
제가 나쁜 놈인가요?
저만 이렇게 장애인인가요?
다들 이렇게 살지 않나요?
장성해서 자신의 가정을 꾸리면 그에 대한 책임이 더 중요하지 않은가요?
어머니는 저를 이해해주실 거라고 믿습니다.
제가 어떻게 해도 늘 같은 자리에서 저를 안아주시는 분이니까요.
제가 모자라는 장애인이라서 그렇지
어머니를 사랑하지 않는다거나 어머니에 대한 고마운 마음이 없다거나
그런 못돼먹은 인간은 아니라는 것을 어머니는 알고 계시리라 믿습니다.

제가 제 식구들을 위해서 저의 행복을 위해서
어머니를 못 본 채 하고 살게 되더라도
그럴 수밖에 없는 제 심정을 어머니는 헤아려주시리라 믿습니다.

죄송합니다. 어머니
멀쩡하게 낳아 훌륭하게 키워주셨는데
이렇게 장애인인 아들이 되어 버렸습니다.

세상이 변해서 낳아주고 길러주신 부모님께 소홀한 자식들이 늘어난다.
그럼에도 불구하고 부모님은 번복되는 우리의 잘못을
끊임없이 용서해주시고 사랑해주시고 계시다.
모든 것을 덮어주고, 믿고 바라고 견디어내는 사랑을 주신다.
다시 말하면 우리는 세상사에 빠져 주님을 외면하며 살아가고 있다.
그런 우리를 주님은 끝없는 사랑으로 기다리고 계시다.
주님께 돌아가는 길은 멀지 않은 내 가정 안에 있다.

살아생전 추기경님과 마더 데레사는 가정의 중요성에 대해
같은 마음이셨다.

가정은 모든 사랑의 출발점입니다.

가정 안에 사랑이 없으면서 어떻게 이웃을 사랑할 수 있겠습니까.

우리가 이웃을 사랑하려면 먼저 가정에서부터 시작해야 합니다.

한 가족이 서로 사랑할 때 하느님이 어떻게 우리를 사랑하셨는지를 배우게 됩니다.

그리고 그 사랑이 넘쳐흘러 자연히 이웃의 가난한 사람까지 사랑할 수 있게 됩니다.

나사렛의 성가정이 그러했습니다.

여러분의 가정이 또 하나의 나사렛 가정이 되기를 빕니다.

(마더 데레사)

가정은 사회의 기초이며, 인간의 생명이고 삶의 터전이기 때문입니다. 우리는 가정에서 생명을 얻고 자라며,

가정에서 사랑과 용서, 협력과 양보, 믿음과 기도를 배웁니다.

가정은 참으로 인간을 인간답게 만드는 제일 중요한 학교입니다.

가정이 무너지면 사회가 무너집니다.

가정이 건전할 때 사회가 건전할 수 있습니다.

문제가 많고 파탄에 이르는 근본 이유는 가치관의 변화 때문일 것입니다.

(김수환 추기경)

두 분의 말씀처럼 가정 안에 사랑은 중요하다.

아이의 첫 번째 사회생활은 가정이다.

그 안에서 사랑을 희생을 존경심을 배우고, 나누며 사는 법을 배운 아이가 어른이 되어 후손에게 전해주면서

그런 가정이 하나둘 늘어나고, 그런 가정이 모여서 나라가 만들어지고 그런 나라가 늘어나서

온 세상이 사랑을 나누고 살게 된다면

그것이 진정 추기경님이 말씀하셨던 주님이 원하시는 천국이 아닐까.

잘못을 수없이 반복하는 우리를 변함없는 사랑으로 안아주시는

부모는 하느님이 우리에게 보내주신 세상 속에 예수님이시다.

우리가 부모가 되어 가정을 이루게 되면

우리는 예수님의 마음으로 성가정을 이루도록 노력해야 한다.

주님의 세계

허금행

산새들을 먹이는 2월… 눈을 헤쳐 가며 땅 위에 떨어진 소나무씨와 열매들을 찾아먹고 이제 주워 먹을 것이 하나도 없는 2월은 산새 모이 주는 달이다. 나는 그 아름다운 뜻에 동참하여 산새들에게 해바라기씨가 섞인 알곡을 먹인다. 그리고 아침마다 깨끗한 물을 떠다가 내놓는다. 모이를 찾은 새는 혼자 먹지 않고 힘차게 울어 친구들을 불러 모아 함께 나누어먹기를 주저하지 않는다. 하늘에 안기는 듯 나르는 새들… 창세기의 천지창조를 읽을 때처럼 나는 신비한 느낌으로 떠오른다.

로즈마리. 겨울의 신부에게 하얀 튤립 몇 송이와 로즈마리를 엮어 조개구름 무늬진 망사천에 다발지어 건네면 좋으리. 향기로운 로즈마리, 내 창가의 하늘색 화분에서 자라고 있다. 오늘은 빵을 굽는다. 알맞은 반죽에 나는 올리브유를 바른 후, 로즈마리 잎사귀 겹겹이 올려놓고 뜨거워진 오븐에 넣는다. 마치 송편을 찔 때 솔잎을 깔듯 어디선가 실려 오는 고향의 속삭임이여.

숲에서 늦겨울을 노래하는 새들… 빵 굽는 냄새에 고스란히 피어나는 로즈마리향이 오늘 오후의 발코니에 꽃잎무늬로 너희를 반긴다. 내가 빵을 구우면 산새들도 창가에 앉는다. 내가 나르는 새와 우정을 나누는 동안, 어느새 다가오는 겨울 숲의 바람소리…. 이제 2월이 지나면 봄이다. 내가 나누어준 마지막 겨울의 알곡으로 내일을 향해 비상하는 새들이 저 푸르른 하늘을 수놓는 오늘이 참 아름다운 주님의 세계이다.

침묵의 거울

박찬현

어제를 말갛게 씻고
오늘을 헹구던 시간
개켜둔 반추의 삶이
폭마다 고운
어느 구도자의 행로

그와 같은 생 살고자
반추의 행간을 누볐으나
여지로 남아도는
속세 미련 크기만 하니
영문 모를 파문만 여울진다.

파란 새벽을 여며 입고
구도의 길 떠나던
그의 얇은 그림자만 잡고
숲이 일렁이는 강 언저리에
옥체기량만강玉體氣量萬康 축원을 하는

그 세월 어딘가에 전설이 된
말 못하는 새 되어 날아들어 간
침묵의 거울

스테파노가 스테파노에게

주민아

스테파노, 당신은 행복한 사람이다.
삶의 무대 위, 붉은 수단을 입고 맨 처음 등장한 순간부터
그 수단이 땀과 피에 젖어 짙은 보랏빛으로 물들어 퇴장하는 그 순간까지
당신은 오롯이 행복한 사람이었다.
과연 당신은 지금도
왼쪽 심장이 미칠 듯이 뛰는 박동소리를 견디던
삶의 무대를 기억하는가.
당신의 그 심장 옆에는
87년 동안 수많은 사람들이 열렬히 보내준
환희와 사랑이 여전히 뜨겁게 남아 있을 터,
오늘도 그곳에서 당신은 쉽사리 잠을 청하지 못할 것이다.
그러니 맑은 밤하늘 사이로 얼굴을 내미는
수줍은 달빛을 잔에 담아,
당신을 아끼던 그들의 목소리를 벗 삼아,
오늘 천상이 내어주는 기쁨의 술잔을 들이켜라.
붉게 물든 당신의 얼굴과 고동치는 심장을
밤하늘에 비추면,
세상에서 함께 웃고 눈물짓던 추억이 수많은 별처럼 반짝이리니.
또한 기억하라.
당신이 온몸과 마음으로 열렬한 사랑과 행복을 느꼈듯이,
세상의 생명들도 당신으로 인해 행복했음을.
"너희와 모든 이를 위하여!"

참 행복합니다

조이령

온전히 당신 생각에
묻혀 사는 즈음,
참 행복합니다.

밤낮없이 스며드는
당신 생각으로
참 행복합니다.

매순간 당신 떠올리며
미소 지을 수 있으니
참 행복합니다.

어느 한날 한시라도
제 곁을 떠나지 않는
당신이 있기에
참 행복합니다.

곱게 물든 단풍처럼
무시로 제 볼을 붉게 만드는
당신 생각에
참 행복합니다.

행복이 이러하다면
당신 생각 떨치지 않을 겁니다.
당신 사랑 멈추지 않을 겁니다.

추기경님과의 인연

조이령

제1837호 교리교사 자격증.

1984년 11월 19일자 천주교 서울대교구 교구장 추기경 김수환 명으로 발급된 이 자격증은 최소 제게는 세상 그 어떤 자격증과는 다른 참으로 소중한 자격증입니다.

물론 현 전문직이라는 자격증을 갖기 위한 세상사적인 것 또한 남다른 열정과 수많은 시간과 금전적 투자 등 갖은 노력 끝에 얻은 소중한 자산임에 틀림없습니다만, 그 중 남다른 자격증이 있으니 그것은 바로, 이 천주교 교리교사 자격증입니다.

1984년 대치동천주교회에 다닐 때입니다.

그때 그 시절에는 지금처럼 현직 교사들의 육아휴직 제도가 없었기에, 지금은 출산장려 차원에서 셋째 자녀를 둔 교사들은 특별 예우가 있고, 얼마든지 자녀를 키울 동안 육아휴직을 할 수 있는 참 좋은 제도가 정착되었습니다만, 두 아이를 일가친척이 아닌 다른 사람 손에 맡기며 어렵게 직장생활하던 중 큰애가 불의의 화상을 입는 큰 사고를 당한 후, 결국 학교를 그만 두고 전업주부에의 길로 접어들었을 때입니다.

하루 종일 분주한 두 사내 아이 뒤치다꺼리에도 힘들 법도 하건만, "젊어 고생, 돈 주고 사서도 한다"고 한 옛 어른들의 말을 상기하고 상기하며, 서울이라는 객지생활, 낯설고 물설고 서럽고 외롭고 힘들기 그지없는 날들이었음에도 불구하고, 어쩌면 그러했기에 오롯이 신앙생활에 전념할 수 있었는지도 모릅니다만, 낮에는 성당 반장 일을 하면서 매일 동네 교우들과 기도하는 시간을 갖고, 시쳇말로 배운 도둑질이라고 주일에는 어린이 교리반 봉사를 위한 교리교사 공부를 하게 되었습니다.

그러니까 그게 두 번째 차수였습니다.

8주에 걸쳐 명동성당 계단을 오르내리고, 성당 가기 전 성모상 앞에서 잠시 무릎 꿇고 기도하고, 명동성당 내 작은 성당 감실 앞에서 성체조배하는 등 신앙생활에의 불꽃을 피웠던 그때 그날이 다시금 소중한 그리움으로 되살아납니다.

지금은 성당에서 아이들을 가르치는 교리교사는 못하지만, 머지않아 다시 오롯이 봉사의 기쁨을 나눌 수 있는 날이 오리라 믿으며, 그때 그 날들을 가만히 떠올려봅니다.

소중하고 귀한 내 추억의 한 장입니다.

돌아보면 그때 그 시간들, 오로지 하느님 만남의 시간들, 하느님께 봉헌한다는 생각으로 임했던 그 시간들.

퍽 즐거웠습니다. 참 행복했습니다.

그리고 저 자격증을 볼 때마다 혼자 만일지언정 은근히 뿌듯하고 자랑스럽습니다.

그것은 그 어떤 가시적이고 표면적인 세상사적으로 보상 받는 그런 성질의 것이 아니기 때문일 것입니다.

다시 자격증 모아둔 파일을 열고, 펼치면 제일 먼저 볼 수 있는 저 자격증을 가만 어루만져 봅니다.

어쩐지 김수환 추기경님의 손때가 묻어 있을 거 같아서요….

길 위에서의 생각

조이령

불과 50여 년 전 6.25전쟁 이후, 어린 소녀는 집 앞 큰 길에 홀로 서서 생각에 잠겼습니다.

"헬로우 기브미, 초콜릿~"라고 서툰 말이지만 큰 소리를 지르며 꽁무니에 시커먼 연기 내뿜고 달리는 미군 군용 지프차를 발견한 동네 아이들의 소리 뒤에 던져진 깡통, 깡통들….

그것들을 주워 먹겠다고 안간힘으로 뛰어가던 동네 아이들의 모습이 학교도 들어가지 않은 철없는 소녀의 눈에는 여전히 역력합니다.

그 순간 섬광처럼 스쳐간 생각이 있었으니, "오, 하느님! 왜 저는 이 거지같은 가난한 땅에 태어나게 하셨나요?"

그리고 왜 그런 투정과 원망과 회한을 내뱉었는지 다 자란 어른이 되어서도 그 의문은 사라지지 않고 앙금처럼 남아 깊은 생각의 늪으로 빠져들게 하곤 하였습니다.

경북 대구에서 1922년 6남 2녀의 막내로 태어나신 김수환 추기경님은 어린 시절 무엇을 보고 느끼며 어떤 생각을 품은 채 자라나셨을까요?

어머니의 간곡한 이끄심이었다 하더라고 위에 한 분 형님 신부님이 계셨음에도 1951년 9월 15일 대구교구 사제 서품 받으실 때에는 또 어떤 생각을 품으셨을까요?

1969년 교황 요한 바오로 6세에 의해 바티칸 역사상 초유의 47세 젊은(?) 추기경으로 서임되셨을 때는 또 어떤 큰 뜻을 간직하셨을까요?

그 소녀가 어른이 되기 훨씬 전에 추기경님께서는 여러 본당 주임신부를 거쳐 대구교구장 비서, 성의중 종합고등학교교장을 사목하고, 다시 독일 유학 후 귀국하여서는 가톨릭시보사, 가톨릭신문사, 사장 등을 역임하는 등 추기경님 당신은 척박한 이 땅에 복음의 씨앗을 잘 가꾸고 길러내시고 있었습니다.

소녀가 다 자라 철들 무렵 20대.

스스로 찾은 천주교라는 종교와 신앙생활에 귀의하게 되었을 적엔 추기경님의 항구한 기도의 덕으로 103위 시성시복자를 가진 나라로 전 세계에 널리 알려지게 되었으며, 1983년 한국천주교회 200주년 기념 신앙대회와 이어 다음 해 1984년 드디어 이 나라 이 땅에서 교황 요한바오로 2세와 함께 시성식을 거행하는 등 굵직굵직한 세계 대회를 치르면서 우리 민족을 위한 끊임없는 기도와 실천하는 신앙인으로서의 삶의 길로 더욱 매진하셨습니다.

그리하여 이제 이 땅은 확고한 믿음의 나라, 든든한 신앙인의 나라, 신앙을 생활하는 자들의 나라로 자리매김하게 되었으니 소녀가 어릴 적 '왜 왜 왜?'라고 품었던 그 숱한 의문들에다 추기경님의 그 파란한 삶의 길에 퍼부었던 물음에 이르기까지, 신앙생활 안에서, 믿음 안에서, 그리고 또 다른 신앙인들의 삶을 통해서 사랑과 봉사와 나눔을 통해 깨닫게 되었습니다.

즈음엔 길 위에 설 때마다, 길 위를 달릴 때마다, 사시사철 멋진 옷을 갈아입는 산천 경계 찾을 때마다, 어릴 적 생각은 온데간데없이 그저 어절씨구 노래를 부릅니다.

"우리나라 좋은 나라, 금수강산 좋은 나라, 어절씨구 좋은 나라"라고 말입니다.

다시 한 번 이 땅에 태어나게 해주신 우리 주 하느님께 감사드리며, 동 시대에 같은 천주교인으로 함께 생활하고, 이젠 비록 그 인자한 미소 볼 수 없을지라도 기도 중에 떠올릴 수 있으니 그 얼마나 고맙고 감사한지요?

이젠 다시 그 온유하고 인자하신 모습 뵈올 수 없지만, 그래도 김수환 추기경님, 부디 하늘나라 천상천국에서 오랜 날의 노고 위로받으시며 평안한 안식을 누리소서~!

당신의 향기

박찬현

향을 품은 생명체는 모두 아름답다
장미는 매혹적이거나 싱그러운

당신에게서는 가슴에 넉넉히 담긴
열정적인 시간 속에 스며든 향이란

백자白磁에 우러나는
부드럽거나 배려가 깊은 향

옹기甕器의 질박한
하염없는 박애의 향

아침 햇살에 섞여서 내리는
어머니의 가없는 사랑이
당신 가슴에서
새롭게 빚어진 향

우리는 그 향을 따라서
매우 인간적인 향이 되고자

오늘도
햇살 아래 총총 걷습니다.

당신의 미소 바라보며
우리 안에 자애를 키워 봅니다.

당신의 향기에
깊이 취한 날

어느 은수자의 고백

주민아

누군가 물어보았습니다.
그곳에서 어떻게 살아가고 있느냐고 말입니다.
그래서 이렇게 답했습니다.

침묵의 언어가 화살처럼 날아와
기도로 화답하는 곳이며,
고요의 경배가 물결처럼 밀려와
순명으로 화답하는 곳이며,
고독의 눈빛이 달빛처럼 흘러와
일치로 화답하는 곳이며,
묵상의 기쁨이 꽃잎처럼 떨어져
생명으로 화답하는 곳이며,
은둔의 자유가 흰눈처럼 날리어
영원으로 화답하는 곳입니다.

누군가 또 물었습니다.
그분을 정말 만날 수 있느냐고 말입니다.
그래서 다시 저렇게 답했습니다.

십자가

허금행

　나뭇가지들로 하여 걸음을 멈춘다. 짧은 가지와 긴 가지 엮으면 십자가가 되거늘 품어 내 것 되기 힘들다 기도하다 잠든 별들의 반짝임 몇 개 주어들고 새벽 숲에서 나의 초라한 기도에 아프게 내려앉아 무너지는 어제여.

　어둠 너머 시런 손으로 마른 가지 두 개 엮어들고 기다림 저 쪽에서 동터오는 새벽을 걷는다. 양떼들의 초원 위에 서 있는 십자가 하나 문을 여는 말씀의 우물이 보인다. 쓰러지던 어제의 숲에서 날아오르는 종소리, 아무것도 아닌 나를 엎어내고 다시 채우고 싶은 누추한 가슴이여.

성모님의 화관

박찬현

푸른 하늘아래 갈고 닦는 보석
고운 빛줄기 한 줌씩 쥐고서
엮어 올리는 동틀녘 기도는
성모님 머리 위에 화관 엮는 일

새하얀 사제의 기도는 솔밭 바람
귀를 기울이면 마음으로 들어 와
평화를 토닥토닥 깔고 가는 미소
그래서 "사랑합니다" 응답합니다.

들녘에서 백합꽃 향으로 불어오는
수도원의 미사곡은 자연의 풍요와
새벽 별빛들의 조화로운 서정입니다.
행복하고 아름다운 시간

그 시공時空에서 올리는 기도와 풍경은
침묵을 오랫동안 외투로 입고
붉게 영글어 가는 사과의 모습입니다.
영육이 상큼하게 익어가는 곳

나뭇잎 사이 햇살을 마시며
고독한 영혼들을 위로하는 하루하루는
청빈한 수도자가 기도하는 맑음입니다.
수도자의 길은 연둣빛 전원

세상의 모든길 위에서

박찬현

바람이 걸어가는 길
우리도 걸어가던 길

달빛이 흘러가는 길
우리도 걸어가던 길

세상으로 향한 길
무리지어 걸어가는 길

숲속으로 향한 오솔길
홀로 호젓이 걸어가는 길

벼슬에서 낙향한 선비의 길
침묵의 사념으로 걸어가는 길

하 많은 길 가운데
유독 아름다운 길은
모든 이를 위한 길

누구나 고독감에 젖을 수 있는 길에
벗이 되어 함께하는 길이 되는 것은
고운 징검돌 다리 등을
내 놓은 외나무다리

우리는 길에서
인생을 배운다.

묵묵한 헌신을 통해
나눔과 상호 보완을 깨닫는다.

세상의 모든 길 위에서

손에 손잡고

김명훈

높이 솟아오르며 오달지게 지저귀는 종달새를 쫓아 들길을 걸었다. 불꽃처럼 피어오르는 아지랑이에 눈이 걸려 잠시 길을 잃었다. 저만치 길가에 친구들이 풀밭에 모여 앉아 있다. 얼른 뛰어가보니 토끼풀꽃을 엮어 꽃반지를 만들어 서로 끼워주고는 깔깔대며 재잘거린다. 아이들이 만드는 모습을 보고 나도 얼른 만들어본다. 신기하고 재미있다.

점심거리 호박을 따러 나왔던 누이가 애호박 두 개를 소쿠리에 담아 허리춤에 끼고는 우리들 곁으로 다가왔다. 스무 살 누이는 향긋한 분내를 풍기며 옆에 앉는다. 누이는 줄기가 긴 꽃을 찾아서 두 줄로 겹쳐 엮어 팔찌를 만들어서는 내 손목에 묶어주었다. 나는 얼른 친구들에게 뛰어가서 자랑했다. 어떤 아이는 냅다 누이에게 달려가서 자기 것도 만들어 달라고 아양이고 어떤 아이는 줄기가 긴 놈을 찾느라 풀섶을 이리저리 뒤져댄다. 그렇게 소근소근 하루가 간다.

이슬이 채 마르지 않은 이른 아침, 햇살이 따사롭게 퍼져간다. 나는 싸릿대로 엮어 만든 삽작을 밀고 밖으로 나간다. 담장을 끼고 헝클어진 호박넝쿨에 여기 저기 흩어진 노란 호박꽃들이 큰 입을 벌리고 노래를 한다. 엉덩이가 까맣고 털이 보송보송한 호박벌이 꽃마다 옮겨다닌다. 몸집이 큰 호박벌은 꽃가루를 발라 네 다리가 모두 노란 장화를 신은 듯 두툼하다. 호박꽃 사이로 얼굴을 내민 나팔꽃이 보랏빛 치마폭으로 나를 유혹하여 눈길을 놓아주지 않는다. 보라색 꽃에는 차마 손을 댈 수 없어서 대신 분홍색 나팔꽃 한 송이를 따서 손에 들었다. 맑고 어린 연분홍 나팔꽃을 가만히 들여다보니 속살이 하얗다. 마음이 가벼워진 나는 짝발 걸음으로 이리저리 뛰어다닌다.

저 멀리 아침에 일찍 밭에 나갔던 엄마가 돌아온다. 수건을 대충 말아 올려 머리에 쓰고 옆구리에 걸쳐 든 삼태기에는 호미와 점심에 쪄 먹을 감자 몇 알이 담겨 있다. 나는 얼른 달려가서 품에 안긴다. 엄마의 품에서는 땀 냄새에 섞여 젖 냄새도 풍겨난다. 마음이 푸근하다.

나에게는 이제 그런 엄마도 누이도 없다. 수녀님의 손길은 부드럽고 따뜻하다. 수녀님의 손에는 누이의 분 냄새도 있고 엄마의 젖 냄새도 있다. 오늘 수녀님의 손길은 그때 그 분홍색 나팔꽃이다. 그러나 나는 오늘도 엄마의 품에 안기고 싶다. 분내 나는 누이가 만들어준 꽃반지 끼고 싶다.

은찬

추기경님. 사진전을 돌아보고는
너무 감동을 받고
욱더 조경 합...
제나 저와 함께 계셔 주십시요
대건 안드레아 김기현

추기경 사랑합니다.
당신께서 걸어산길을

밥이 되어

박찬현

저는 지금까지
어느 가슴에 작은 행복을 담아주며
간절한 허기를 갈급히 채워주었던가.
그 따뜻한 밥 한 공기가 되지 못했네요.

식은 죽 먹듯이 시간을 열어둔 것은
남들도 잘할 수 있는 것들인 것을
자신의 여유를 오해하였습니다.
아주 쉽게

푸른 정화수로 지은 밥은
진지한 김이 모락모락 피어오릅니다.
가슴 슬프지 않을 구원의 기도처럼
달콤하게

삶의 그림자조차도
손 내밀면 만져질 영원한 도움의
그루터기이고 싶습니다.
희망으로

지난한 어둠 가운데
늘 함께 걸어가고픈 이 시대의
배고픈 이들의 보잘것없는
한 공깃밥이 되고자 합니다.

하느님을 흠숭하고
김수환 추기경님을
저는 사랑하기에
그렇게 살려고 합니다.
이제로부터 영원히.

사랑의 십자가

한정화

돌아가신 외할머니의 말씀을 빌리자면 집집마다 도깨비가 하나씩 있다. 다시 말하면 집집마다 지고 가야 할 십자가가 하나씩 있다는 말씀이다.

우리집에는 돌아가신 아버지가 우리의 십자가였다.

어머니는 독실한 천주교 신자였는데 비신자인 아버지를 만나서 결혼할 때, "내가 이 사람을 성당에 나오게 하라는 하느님의 뜻이다"라고 믿었다고 했다.

그도 그럴 수 있는 것이 친가 쪽은 모두 천주교 신자였는데, 우리 아버지만 신자가 아니었던 것이다.

나중에 어머니는 "내가 교만했던 거지. 그게 얼마나 힘든 일인지 생각도 못하고, 할 수 있을 거라고 생각했으니"라고 하시더니, 딸인 내가 비신자인 남편을 만나 결혼할 때 남편을 소개했던 사람의 말에 의하면 조부모께서 믿는 분들이었는데, 미국에 온 뒤에는 성당에 안 나가고 있다고 했다며, 꺼져가는 불씨를 다시 일으키라는 주님의 뜻인가보다 하셨다.

아버지는 "내가 어디 너희들한테 성당 가지 말라고 하냐, 니들이나 잘 다녀라"라고 하시면서 당신은 성당에 나오시지 않으셨다. 오랫동안.

성탄절 날 자정미사에 가려고 준비를 할 때면, 과연 하늘에 계신 아버지는 우리 식구가 모두 미사에 참례하느라 '땅에 계신 아버지를 혼자 두고 가기를 원하시는가?' 고민했었다.

우리의 십자가는 모든 축일 때마다 성당 행사 때마다 우리를 불편하게 했다.

그러던 아버지가 폐암에 걸렸고, 하느님 곁으로 돌아갈 시간이 다가오고 있었다. 입원해 있을 때 병실을 방문한 수녀님이 주시는 축성과 기도는 받으셨지만 성체는 영하지 않으셨다. 종부성사도 받지 않겠다고 하셨다.

이미 병원에서는 며칠 안 남았다고 준비하라고 했는데 아버지는 요지부동이셨다.

아버지 본인은 성사를 받을 자격이 없다고 생각하셨나보다.

하지만 결국 어머니의 소망대로 아버지는 종부성사를 받으셨고, 장례미사에는 어머니성당 신부님, 하 신부님, 그리고 동생의 친구 신부님까지 세 분 신부님이 집전해주시는 은총을 받으셨다.

당신이 주님 앞에 죄인임을 절절히 통회하셨음이 분명하다.

지금 돌아보면, 아버지는 한 번도 주님의 품을 떠난 적이 없었다.

주일을 열심히 지키는, 그 누구보다 더 그리스도인이었다. 인간이기 때문에 모자란 점도 있었겠지만, 자신의 죄 때문에 성전에 발을 들여놓지 못하던 세리였다.

불쌍한 아버지 십자가를 평생 지게 됐던 어머니와 우리는 하느님이 각별히 사랑해주셨나보다. 상처받은 영혼을 우리와 함께 살게 하셨으니….

김수환 추기경님께서 마산 교구장 재직 시절에 제2차 바티칸공의회 폐막 후 세계 주교 대의원회의(1967년)에 한국 대표로 참석하신 적이 있다. 그 회의에서 가톨릭 신앙을 보전하는 문제가 주의제였는데, 그 당시 대의원회의 문헌에서는 신앙보전 차원에서 신자와 비신자 간의 결혼을 부정적으로 보는 시각이 강했다. 그러나 김수환 추기경님은 고린토 1서 7장 12~14절 "어떤 교우에게 교인이 아닌 아내가 있는데 그 아내가 계속해서 함께 살기를 원하면 그 아내를 버려서는 안 됩니다. 믿지 않는 남편은 믿는 아내로 말미암아 거룩하게 되고, 또 믿지 않는 아내도 믿는 남편으로 말미암아 거룩하게 되었기 때문입니다"를 인용하시면서 비신자와 신자 간의 결혼을 다시 해석하자는 주장을 하셨었다.

비신자와 결혼하는 신자는 주님으로부터 특별한 십자가를 선물 받은 것이다.

종교문제가 아니라도 결혼이라는 시험은 어렵지만 난제를 풀고 나면 보너스 점수도 받을 수 있는 특별한 사랑의 십자가임이 분명하다.

베들레헴의 성 모자상

한정화

저를 여기에, 이곳에 놓으신 이유
이 어두운 곳을 지키라고 하신 이유
온 몸을 다 태워 봐도 저는 작은 불꽃
혼자서는 밝힐 수 없을 이 어두움
그래도 당신의 뜻이오니 기쁘게 태우겠습니다.

어둠 속에서 주님께로 가는 길을 찾는
당신의 어린양들 중에 한 마리라도
이 빛을 보고 돌아설 수 있다면
몸이 녹아내려 심장까지 다 타더라도
계속 태워 앉은뱅이가 되겠습니다.

마리아가 그랬듯이 엘리사벳이 그랬듯이
머리로 듣지 않고 온몸으로 받겠습니다.
겸손한 마음으로 제 한 몸, 마지막 한 방울까지
당신 뜻에 맡겨 태우겠습니다.

아무리 짙은 어둠 속에도 작은 불빛이 있다면
완전한 어둠이 아니다. 희망이 있다.
예수님은 그 어두운 세상에 오시기 전부터
당신이 어떤 고통과 수모를 당하실지 알고 계셨다.
단지 모자란 인간들을 너무나 사랑하신다는
이유 하나로
굳이 택하지 않아도 될 수난의 길을 당신은 걸으셨다.
어두운 곳에 빛이 되셔서 우리에게 사랑이라는
희망을 보여주시기 위해서

당신은 초라한 마구간에서 태어나셨고
흉악한 도적들과 함께 십자가에 매달려 돌아가시기까지
더 이상 낮추실 수 없을 만큼 낮은 곳으로 내려가셨다.
모든 것을 다 가지셨던 분이 다 내려놓으시고
우리에게 손을 내미셨는데
우리의 손은 세상의 욕심을 채우느라 그 손을 내쳤다.
빈 항아리 속에 쥐고 있는 주먹을 펼 줄 모르는
아둔한 인간들이다.
그 손을 펴 항아리 속에서 빼야 비로소 이웃의 손을
잡을 수 있다.
내가 가난하고 겸손해져야 주님의 손을 잡을 수 있다.

"말구유에 누워 계시는 가난과 겸손
우리를 위해 수난의 고통을 겪으시는 가난과 겸손
우리를 위해 돌아가시기까지 하신 한없는 사랑
전체적으로는 우리를 사랑하신 나머지
당신을 남김없이 비우시고 낮추시는 예수님의 가난과 겸
손입니다."
  (성녀 글라라 탄생 800주년 미사에서 추기경님 말씀)

골고다의 예수님

한정화

그렇게도 평화롭던 세상이었는데 언제 그런 적이 있었느냐는 듯이
어지럽고 수상해지더니 몹쓸 전염병이 돌았다.
온 세계에 잘난 의사들과 과학자들이 치료방법을 위해
밤낮을 새었지만 아무런 방도도 찾을 수가 없었다.
점점 병세는 악화되어 집집마다 그 병에 걸리지 않은 사람이 없게 되었고
세상은 종말을 맞이할 준비를 하고 있었다.
그렇게 암흑을 향해 가고 있을 때
누군가 "한 아이의 피를 수혈 받을 수 있다면 고칠 수 있다"라고 했고
그 사실이 얼마큼의 진실성이 있는가를 따지지도 전에
세상 사람들은 그 아이에게 희망을 걸게 되었다.
한 가지 무서운 사실은 병에 걸린 사람들을 살리기 위해서
그 아이의 몸의 모든 피가 필요하다는 것이었다.
결국 그럴 수도 있다는 희망 때문에 한 아이의 생명을 앗아야 한다는 것이다.
사람들은 모두 그 아이의 집으로 모였고
그 아이의 부모에게 아이를 내어달라고 애걸을 했다.
그의 부모는 세상을 구하기 위해 하나뿐인 아이를 내어줬고
그 아이는 마지막 한 방울의 피를 흘리며 죽었다.
그 결과로 전염병은 사라졌고 세상은 종말을 맞지 않게 되었다.
혹시나 하는 마지막 희망이었는데 그 아이는 세상을 구한 것이다.
그리고 살아난 사람들과 세상이 끝날 것이라고
절망했던 사람들이 모여서 회의를 한다.
"그 아이를 다시 살려서 그의 부모에게 되돌려줄 수는 없지만,
우리는 그 아이와 그의 부모의 희생을 잊어서는 안 된다.
그러니 일주일이 한 번씩 그 아이를 기억하자."

그렇게 그 아이와 그의 부모를 기억하기로 하고
일주일에 한 번씩, 고마움을 더 애절하게 느끼는 사람은 매일매일,
한동안은 모두 한마음으로 그 희생을 기억했다.

그러다 점차 시간이 흐르면서 사람들은 그 아이를 잊었다.
그런 일이 있었다는 것도 잊었다.
그 아이가 그렇게 피를 흘리며 죽어주지 않았다면
지금 이 세상에 살고 있지 못할 사람들이지만
없어졌을 세상에 살면서 그때 일을 잊었다.

막내가 12살 때 견진교리 중 수녀님께서 들려주신 이야기다.
아마도 어린 아이들에게 사랑하는 아들을 우리에게 보내주신
하느님의 마음과 성모님의 심정을 조금이라도 이해하라고
상상할 수 있는 이야기를 만들어주셨던 것 같다.
아이는 이 이야기를 내게 전해주면서
눈물을 뚝뚝 흘렸다.
엄마 이제부터 미사에 빠지지 않을 게요.
그랬던 내 아이도 시간이 흐르면서 미사를 궐하는 날이 있다.
가끔 이 이야기를 다시 꺼내서 들려주면
고개를 떨구고 미안해요 엄마, 이번 주는 꼭 미사 참석할 게요.
하지만 또 게으름에 세상일에 약속을 어긴다.

가끔 그런 생각을 한다.
내가 그냥 살아가고 있는 이 세상이 어둠으로 덮여 가고 있을 때
누군가가 또 그때 그 아이가 되어 세상을 구해주고 있는 것은 아닐까.
그렇게 내가 모르는 작은 예수들이 이 세상을 지켜주는 것은 아닐까.
그런 줄도 모르는 나는
내 덕에 내가 잘 살아지는 것이라고 착각하는 것은 아닐까.

김수환 추기경님이 그 작은 예수님이셨을까?

하늘로 부치는 우리 111인의 편지

1. 김혜련

"고맙습니다. 서로 사랑하세요." 김수환 추기경
비록 그는 우리 곁을 떠났지만, 가슴에 남아 있습니다.
오래~ 오래~~~~.

2. 이영신

"형제자매 여러분! 여러분의 기도와 사랑, 희생과 봉사에
깊이 감사드립니다. 저도 여러분을 진심으로 사랑하며
기도로써 보답하겠습니다"라고 말씀하신 추기경 김수환
님의 말씀을 늘 간직하고 살아갑니다.
아직도.. 늘.. 함께 계시지요..
우리들 곁에...

3. 한은미

늘 약자 편에 서서 기꺼이 한쪽 어깨를 내어주시던 그분,
김수환 추기경님!
날이 갈수록 당신의 너른 품이, 온화한 미소가 사무치게
그립습니다.

4. 정레지나

세월이 지날수록 그 나무가, 그 그늘이 더 그립고 아쉬워
지는 건 그만큼 크고 너르고 안온했기 때문이겠죠?

5. 김애숙

"고맙습니다. 사랑합니다." 하신 말씀 삶이 힘들 때 힘이
됩니다. 보고 싶습니다! 가슴 언저리에 늘 그리움이 된 이
름 김수환 추기경님.

6. Jungsil Kim

추기경님~ 언젠가 말씀하셨잖아요. 천국 가시면 꼭 그곳
이 어떤지 말씀해주시겠다고요. 기다리고 있는데, 빨리
말씀해주세요!

7. 류실비아

저는 글을 잘 쓰지 못하지만 추기경님 선종하셨을 적 TV
앞에서 억수로 울었답니다. 왜 그렇게 서러웠을까요... 분
명 서러움의 눈물 안타까움의 눈물이었지요. 이 시대 참
으로 그리운 분입니다.

8. 김점희

신앙의 선조이신 추기경님! 질풍노도와 같은 역사 속에
서도 나약하고, 소리 내면 죽을 것 같아 소리 내지 못하
고 우는 이들을 위하여 기도하시고 지켜주시기 위하여
그들을 해친다면 당신을 즈려밟고 가라하시던 겸손과 비
폭력으로 평화를 잃지 않으시고, 어둠의 빛으로 오신 예
수님을 대변하신 사랑이 우리 가슴에 부활하시어 살아계
신 당신의 삶을 뒤따르게 하신데 주님의 영광이 살아 숨
쉬나이다.

9. 윤정미

세상을 하느님뜻으로만 살기가 넘 힘든데... 추기경님의
일생이 우리에게 빛이 됩니다. 존경합니다!!!

10. 장상현

그렇게 살고 싶으나 그러지 못하고 그렇게 하고 싶으나
그러지 못하며 그렇게 이끌고 싶지만 그럴 수 없습니다.
저는 제 마음과 제 몸, 그리고 좁은 제 생각 하나를 그러
지도 못하는데 어떻게 그 작은 몸으로 그 많은 사람들의
마음을 이끌어 바르게 살게 하시나요?
당신을 존경합니다.

11. 남궁경 신부

벌써 4년이 지나갔군요. 늘 곁에 계시는 줄 알았는데…

12. 이인자

그리운 님은 가셨어도 우리들은 님을 보내지 않았습니다.
살아도 죽은 이가 있지만 죽어도 사는 우리 모두가 되는 삶
이 되도록 행복한 주님 품에서 기도해주소서! 가련한 영혼
들이 아버지 집에서 마냥 즐겁게 살 수 있게 하소서! 우리의
삶이 고단하지만 그때마다 님을 기억하며 두 주먹을 쥐며
희망의 눈으로 이웃을 삶을 바라보게 하소서! 님은 가셨어
도 우리 곁에 계신 님이여! 부디 행복하소서!

13. 안경희

그리운 추기경님, 가난하고 소외된 이들을 소중히 여기
고, 마냥 여리신 마음으로 작은 목소리에도 그냥 지나치
지 않으시고, 슬픔을 함께 하시며 가슴으로 품으셨던 당
신은 서슬 시퍼런 군부정치에는 서슴없이 정의로 나타내

셨습니다. 수많은 밤을 하얗게 지새우시고는 퀭한 모습으로도
목소리는 높이셨던 그런 모습 닮아가렵니다.

14. 박정운

혜화동 성당 건너편에는 추기경님이 가끔 다녀가셨던 음식점
이 있습니다. 간혹 점심을 먹으러 그곳에 가면, 길 건너 성당에
서 울리는 정오의 종소리를 듣게 됩니다. 버스 정류장에 서 있
는 사람들에게도, 우체국 앞 노점상 아주머니에게도, 신호등을
바삐 건너는 직장인들에게도, 커피를 손에 들고 걸어가는 청춘
들에게도, 플라타너스 아래의 비둘기에게도 종소리는 잔잔한
물결이 되어 흐릅니다. 추기경님의 말씀처럼 말입니다. 저는 오
늘도 그 곳에 들러 추기경님 당신의 말씀으로 양식을 채우고 돌
아옵니다.

15. 석창성

"머리와 입으로 하는 사랑에는 향기가 없습니다. 진정한 사랑
은 이해와 관용, 포용과 동화, 자기 낮춤이 선행되어야 합니다.
사랑이 머리에서 가슴으로 내려오는데 70년이 걸렸습니다."(추
기경님 말씀 중에서) 평생을 다한다 해도 모자라겠지만 가슴으
로 사랑하며 살겠습니다.

16. 최영란

어느 날 대구에 내려오신 추기경님을 여럿이서 뵙게 되었을 때
저를 보시며 하시던 한 말씀, "내가 자네를 어디서 봤더라". 명동
성당에서 근무한 적이 있었지만 개인적으로 만난 적이 없었음
에도 그 바쁘신 분이 날 알아봐 주심에 놀랐었지요. 작은 것 하
나도 소홀히 하지 않으셨음을 기억합니다. 행복하신 바보 추
기경님 뵙고 싶습니다.

17. Peter Yunseok So

같은 길을 걸어가지는 못할지라도 너무 벗어나지는 않도록 노
력하겠습니다.

18. 박종진

몇 해가 아닌 수십 년이 지나도 추기경님의 사랑은 잊을 수가 없
네요~~ 진정한 통합을 부르짖는 정치인들이여 추기경님의 말씀
집에 올인하세요~~

19. 이경희

추기경님.. 보고싶어요..ㅠㅠ.. 세상에서 힘들지만 웃고 살려고
노력하는 바보올림..

20. 한규동

사랑은 어떤 특별한 방법이 있는 것이 아니다. 사물을 바라볼
때 심안(心眼)으로 바라보는 것이다. 풀 한 포기는 노지에서도
잘 자라고 차가웠던 조약돌 하나도 따뜻해지기 마련이다. 심안
(心眼)으로 보고 심안(心眼)으로 말하고 심안(心眼)으로 누군
가의 손은 잡아주어야 아름다운 삶이 같이 하게 된다.

21. 조수경

아주 조금이라도 본받고 닮으려 노력하고 노력하겠습니다. 감
사드려요 ㅠㅠ~♥

22. Hwang Hwang

사랑하는 사람을 사랑하는 것보다 원수를 사랑하기가 어렵군요.

23. 김병주

제 책상 앞에는 예수 성심상과 바로 그 옆에 추기경님이 앉아 계
십니다. 인자하게 웃고 계시는 추기경님~ 사랑합니다^

24. Sunny Ham

~"서로 사랑하세요."..언제 들어도 좋은 추기경님 말씀, 또 우리
들이 관계 안에 소통하며 나누는 가장 정겨운 말이지요~ 덧붙
여서 '오늘'이라는 말이 들리는 한 여러분은 날마다 서로 격려하
십시오(히브 3: 13)~. -하느님은 사랑이십니다-!!^*^

25. 조광일

어제에 일처럼 추기경님의 모습이 기억으로 선명합니다. 시간
이 여러 계절이 지나가고 있지만 그분에 대한 사랑과 인자함은
우리들 가슴속에 5월의 장미향기처럼 가득합니다. 사랑합니
다. 그리고 그립습니다. 다시는 볼 수 없지만, 추기경님의 열정
과 나눔의 정신은 우리들 모두에게 나누어주시고 가셨기에 더
욱 그립습니다. 그리고 감사합니다. 나에게 나눔에 마음을 열어
주심에......

26. 박현숙

율리안나 작은 자매원에 오셨던 따스하신 모습 기억합니다. 겸
손이 무엇인지 몸으로 가르쳐 주신 분. 늘 기억하면 따사로운
웃음. 가난한 이들 곁에 행복을 선물하시던 분♥
늘 보고 싶어요♥

27. 문명숙

저도 김수환 추기경님 돌아가시기 전 피정에서 만나뵈었어요.
웃으실 때 정말 소년 같으셨어요.

28. 이인옥

고향의 느티나무 같은 넓고 푸근하고 강직한 어른이 필요한 오
늘인데... 그리워요~ 김수환 추기경님 !!

29. 최은경

추기경님을 만난 적이 있어요. 말씀도 함께 나누고 함께 웃고 제 손도 잡아주셨죠. 아직도 그 미소가 생각나요. 아기 같았어요 ㅎㅎ

30. Eunjung Kim

추기경님의 온전한 헌신과 뜨거운 기도가 이 땅 가운데 진리와 사랑의 실천으로 온전히 이루어지길 바라봅니다.

31. 신대규

고맙습니다. 감사합니다. 사랑합니다. 반갑습니다.... 모두 평온하소서.

32. 장혜경

견진성사 때 직접 제 이마에 십자가를 그어주시던 분. 그날 천국문이 열렸지요. 추기경님 머리 위로 이제는 말해도 될 것 같습니다. 천국에 드셨으리라. 지금도 인류의 평화를 위해 끊임없이 기도하시는 추기경님!

33. 이상구

안녕하세요 추기경님 예수님 곁에 계실 거라고 믿습니다!!!

34. 이근일

보고 싶습니다...♥♥♥

35. 곽창영

추기경님의 말씀은 세상에서 가장 듣고 싶은 사랑과 위로의 말씀 속에 회자되고 있습니다.

36. 신길문

당신은 나와 우리의 마음에 영혼을 숨기게 하였습니다.

37. 조현광

사랑하는 님이시여
그대의 자취는 언제나 사랑이었습니다.
당신은 언제나 하느님을 대변하며 그분같이 살아오신 넋입니다. 당신은 천지인을 섬기며 미천하게 살았지요.
영혼을 담은 그대 손길을 느끼고 싶습니다. 아멘.

38. 유준상

나라가 어려울 때면 국민들에게 희망을 주고 서민과 가난한 자들에게 한결같은 사랑을 듬뿍 주셨던 추기경님!!
나라가 암울한 독재의 시대에 민주화의 힘을 주었던 지도자이기도 하셨던 추기경님께서 선종하신 지 3년이 지나 4주년이 다

가왔습니다. 민주화운동 때는 명동성당에서 뵈었습니다. 제가 광진구에서 정치활동하실 때 박신언 몬시뇰 구의동 성당 사무실에서 추기경님과 마지막 인사드리고 기념촬영한 것이 지금도 그립고 보고 싶습니다.
아, 추기경님 나라와 국민들에게 갈등과 분열을 넘어 화합과 통합의 지혜를 주시길 바랍니다.

39. Maria Chung

정말 정말 그립습니다.

40. Wonlye Lee

가끔은 추기경님의 목소리가 듣고 싶어요....

41. 한시우

'바보'가 그리운 시대에 살고 있습니다! 계시는 것만으로도 평안하였는데... 그립습니다. 추기경님!

42. 송송이

사랑하는 추기경님!
하늘에서 사랑하는 분들과 함께 환하게 웃고 계시지요?
노래를 부르던 저희들을 향해 환하게 웃으시던 모습들이 스쳐 지나갑니다.
1998년, 제가 쓴 편지에 친필로 쓰신 정감어린 답장을 받고 참으로 마음에 위안을 얻었던 그때가 아직도 어제 같습니다.
그때 써주신 것처럼 저는 정말로 한 믿음 안에 가정을 이루고 살아가고 있습니다. 소중한 시간과 마음을 나누어주심에 다시 한 번 감사드려요.
추기경님께서 하늘로 가셨을 때, 둘째를 임신해 만삭인 몸으로 휴가를 내고 온전히 하루를 추기경님과 함께 보냈던 기억이 납니다. 길게 늘어선 사람들은 모두 따뜻한 표정으로 추기경님께 받은 사랑에 대해 감사하고 싶어하는 것 같았지요.
그때 뱃속에 있던 아기가 지금 벌써 네 살이나 되었답니다.
당신의 부드럽고도 익살스러운 그 음성이 지금도 귓가에 맴도는 것 같습니다. 항상 저희 곁에서, 저희 마음 안에 함께 해주실 당신께 감사드립니다.

43. Marek Gancarz

na memory forever!!!

44. 유종만

처음으로 김수환 추기경님을 가까이에서 뵌 것이 중학교 1학년 때 서울대교구 중고등학생 교리 경시대회에서 상을 받았을 때입니다. 그때 제가 김수환 추기경님께 싸인을 받았는데 그 싸인 종이를 신학생 시절까지 고이 간직했다가 사제서품 전 김수환

추기경님과 면담을 할 때 보여드렸더니 그것을 아직도 간직하고 있냐면서 껄껄 웃으시던 모습이 아직도 눈에 선합니다. 김수환 추기경님! 한국 교회와 저희 사제들을 위하여 천국에서 빌어주소서.

45. 김윤영

주님께서 김수환 추기경님을 낚으셨으니
그분 또한 많은 사람을 낚으셨습니다.
주님의 품안에 머물며 저와 같이 보잘것없는 이도
낚아주심에 감사드리며
저 또한 많은 이를 낚게 하소서

46. Andrea Lee

IN OR AT 1967, FIRST... 김수환 추기경님이 FOR ME

47. 이윤나

누구도 따라가기 힘든 길을 가시고 세상에 너무나 많은 사랑 뿌리고 가신 분, 그 사랑의 열매가 아름답게 열리길 기원합니다. 그리고 실천해봅니다.

48. 박성중

이 나라에 이분 같은 분이 자주 나와야 하는데.....

49. 채상환

"고맙습니다. 서로 사랑하세요."
모두가 고(故) 김수환 스테파노 추기경님께서 우리에게 큰 사랑을 가르쳐주신 마음에 전염되어 누그렸던 마음도 풀고 서로 용서하고 사랑하는 마음으로 나눔과 베푸는 삶을 결실의 계절인 가을이 되었으면 하는 바람을 가져봅니다.
또한 생전에 보여주시고 남겨주셨던 나눔과 섬김의 삶을 기도 안에 되새기고 생활 속에서 그분의 뜻을 이어 받도록 하였으면 합니다.
"너희 아버지께서 자비하신 것처럼 너희도 자비로운 사람이 되어라."(루카 6: 36)
예수님께서는 우리를 미워하는 사람, 저주하는 사람.....
원수를 사랑하라고 하십니다.
나를 거부하는 사람을 사랑하는 것은 너무나 힘든 일이고 나도 그를 거부하게 만듭니다. 그런데 예수님은 그런 사람들을 사랑하라고 하십니다.
아무런 조건도 없이..... 예수님의 사랑은 당신을 배반하고 죽음에 이르게 하는 이들을 용서하시고 끝까지 사랑하십니다.
그것은 바로 사랑은 하느님에게서 오고 그 사랑은 모든 것을 이겨내는 힘임을 가르쳐 주시는 것입니다.
우리의 죄와 부족함을 보시지 않고 존재 자체를 사랑하시는 하느님처럼 그분의 사랑과 힘으로 우리도 그런 사랑을 할 수 있다는 것입니다.
그것은 바로 사랑은 하느님에게서 오고 하느님은 사랑이시며 우리도 사랑이기 때문입니다.
아버지 하느님께서 자비와 사랑으로 우리를 돌보시듯 우리도 만나는 모든 이들에게 그 사랑의 향기를 전하는 일꾼이 되길 바라며 묵상과 함께 기도드립니다.

50. Changrak Choi

고 김수환 추기경님이 그립습니다.

51. 김중곤

화내는 사람이
언제나 손해를 본다.
화내는 사람은
자기를 죽이며,
남을 죽이며
아무도
가깝게 오지 않아서
언제나 외롭고 쓸쓸하다.
너와 가까운 이웃과
절대로 등지지 말라.
이웃은 나의 모습을
비춰보는 큰 거울이다.
이웃이 나를 마주할 때,
외면하거나 미소를 보내지 않으면
목욕하고 바르게 앉아
자신을 곰곰이 뒤돌아봐야 한다.
머리와 입으로 하는 사랑에는
향기가 없다.
진정한 사랑은
이해, 관용, 포옹, 동화
자기 낮춤이 선행된다.
"사랑이 머리에서 가슴으로 내려오는데 오랜 세월이 걸렸다."(김수환 추기경 인생 덕목 중에서)

52. 조진미

존경하는 추기경님! 어릴 적부터 늘 당신은 저의 친근한 할아버지셨어요. 제가 견진 받을 때도 오셨고, 아직도 전화 드리면 금방 받으실 수 있는 거리에 계신 것 같아요. 처음 대만에 왔을 때 대만추기경님을 우연히 만났는데 그분도 추기경님이 좋은 친구였다고 하셨어요. 최근에 그분도 친구가 계신 곳으로 가셨는데 만나셨겠네요!! 당신을 통해 영원한 생명이신 예수님의 삶을 배웁니다.

53. 한상기

김수환 추기경님은 오래 닫혀 있던 문을
활짝 열어주셨고
물고를 틀어주신 분이라 여깁니다.

54. 이상태

고맙습니다...사랑합니다... 가르침 따라 저도 누군가의 밥이 되는 삶을 살아가고져 합니다.

55. 임성일

〈추기경님 모르면 간첩!?〉
따르릉~ 따르릉~~
추기경님: 여보세요? ○○○죠?
바오로: 아~ 추기경님! 안녕하세요?
(보고 싶은 아버지 목소리를 오랜만에 들은 듯)
추기경님: 저를 알아요?
바오로: 대한민국에서 추기경님 목소리 모르면 간첩이죠!?
추기경: 그래요!?? 허허허~

오래전에 1990년대 초반 추기경님 전화를 받게 되었는데 지금도 그때의 감동이 귓전에 생생합니다.
독재정권하에서의 암울했던 시기에 추기경님의 한 말씀 말씀(목소리)은 도무지 희망이 보이지 않을 때 방향을 제시해주시던 스승님이셨습니다. 힘없는 국민이 광야에서 아무리 외쳐도 목이 터져라 부르짖어도 사라지는 목소리들에 생명력을 불어넣어 주시던 아버지셨습니다.
스승님의 그 빈자리 채울 수는 없지만, 아버지의 목소리를 이제 들을 수는 없지만 그 숨결만은 지금도 살아 있습니다. 가난하고 소외당하는 이들 가운데서 함께 손잡고 광야에서 외치는 이들의 목소리 가운데 …….

56. Matthew Ryu

당신의 빈자리가 이토록 크고 보고픈데.. 주님의 빈자리는 어찌합니까?

57. 최미영

가까이에서 한 번도 뵙지 못하였습니다.
그러나 대한민국 국민의 정신적 별이었다는 것은 압니다.
존경하는 김수환 추기경님의 삶의 일부를 본받아
이웃을 사랑하고 약자 편에서 얘기 듣는
귀를 열어 놓도록 열심히 노력하겠습니다.
김수환 추기경님을 책으로 만나뵐 수 있다니 기쁩니다.
강릉에서 컴강사 최미영 올림

58. 구순애

추기경님의 삶처럼 소박한 아름다움이 신앙의 빛이었습니다. 조용한 시간의 흐름 속에 벌써 선종 3주기가 지나 4주기가 오네요. "미안합니다. 감사합니다"라는 그분의 말씀을 생각하면 말씀 속에서 순종한 예수그리스도의 모습을 만납니다. 추기경님 안에 계셨던 예수그리스도의 소금이신 그리운 분 그립습니다...

59. 임성일

1980년대에 추기경님 대화집(?)을 읽고 교회와 세상 보는 눈을 열었습니다. "더불어 함께 나누고 소통하는 눈" 그립습니다.

60. Kwonhan Lee

우리의 스승이신 추기경님!

61. Francis Lee

"편히 계시죠?" 이 말이 하고 싶네요..

62. 손의숙

신자이지는 아니 하나....., 추기경님의 모든 행하심은 가난하고 두려운 이들에겐 큰 위안과 안식처가 되었고, 희망 잃고 방황하는 이들에겐 꿈과 미래를 볼 수 있게 해주신....., 세상 모든 이들의 부모로서 스스로 힘든 길잡이가 되어 주시길 선택하셨던 분이셨습니다. 그분을 가까이 뵌 적은 없으나 그분께서 뜻하시고 행하셨던 많은 이야기들은 종교를 떠나 많은 이들에게 귀감이 되었다고 생각합니다. 좋은 생각으로 시작하시는 작가님의 뜻에 추기경님께서도 매우 기뻐하실 것입니다. 추기경님을 존경하시는 모든 분들과 이 순간이라도 공감할 수 있어 진정 행복합니다.

63. 최헬레나

제 마음 안에서 늘 함께하고 계시는 분이십니다.

64. Keum Sook Ko

참시간은 빨리도 지나갑니다. 어느새 4주기라니 김수환 추기경님은 떠나셨지만 늘 가까이 계신 분처럼 느껴집니다~

65. 권영모

김수환 추기경님께서 돌아가실 때, 당시 강조하신 Alliance에 많은 공감을 하였습니다.

66. Duk Jun Kim

"사랑이 머리에서 가슴으로 내려오는데 칠십년이 걸렸다"라고 말씀하신 것이 늘 가슴에 남습니다. 머리에서 가슴으로 가는 여행이 세상에서 가장 긴 여행이라고들 합니다. 추기경님처럼 늘 사랑으로 사셨던 분도 70년이나 걸리는 일을 우리는 머리에 조차 벗어나지 못하니 어찌 하오리까...

67. 강석재
성당에 친구동생 혼배미사에 갔다가 신자들이 모두 가슴을 치면서 "내 탓이오"라고 통성하는 것을 보고 충격을 받고 그 후로 일을 행하고 난 후 뒤를 회고할 때마다 나를 먼저 돌아보는 버릇을 들이고자 노력하고 있다. 근데 후에 추기경님께서 그 운동의 시발점인 걸 알고 무한 존경심을 느꼈다.

68. 김화자
항상 죄사함의 삶을 살고 있는 어리석음을 어찌할까요?

69. 이춘희
추기경님 사진을 뵐 때마다 저는 친정아버지를 떠올립니다. 영광스럽게도 저희 친정아버지께서 추기경님과 이미지가 비슷하십니다. 그래서 두 분 모두 세상을 떠나셨지만 저의 가슴속엔 영원히 살아 계실 것입니다. 추기경님께서 성령 세미나를 받으실 때 어린 아이처럼 맨 앞자리에 앉으셔서 찬미와 율동을 너무나 기쁘게 잘 따라 하셨으며 또 여지껏 사시면서 그렇게 많이 울어 본 적이 없으셨다고 하신 영혼의 순수함에 저는 가슴이 벅차답니다. 왜냐면요 추기경님의 그 순수하신 영혼을 닮고 싶어서요 바보가 되는 거지요 ㅎㅎ 추기경님 천상에서 행복하게 잘 지내고 계시리라 믿습니다. 샬롬

70. 박명례
보고 싶습니다 그리운 추기경님 ~~^^

71. Yong Moo Choi
수행원 없이 홀로 달라스 공항(DFW)에 나타나시던 그 모습 인상 깊습니다. 포트워스 한인천주교회에서 열린 환영 미사에서 추기경님을 반기던 화분의 분홍색 환영 리본은 제가 간직하고 있습니다.

72. 이승훈
그립습니다. 그분이 그립습니다. 힘든 이 약한 이 도움이 필요한 이들 편에 서서 항상 힘쓰셨던 그분이 그립습니다.

73. 최일화
1969년 3월 하순, 회의 차 로마에 다녀오시다가 도쿄 상지대학에 계시던 은사 게페르트 신부님을 찾아뵈셨지요. 이튿날 아침 공항으로 출발하시기 직전 숙소에서 갑자기 은사 신부로부터 전화로 추기경 임명 소식을 전해 듣고는, 너무 놀란 나머지 "임파서블"하셨다는 추기경님, 그해 성탄절 저는 서울 돈암동 성당에서 견진성사를 받았습니다. 그때 미사를 집전하신 서울 대교구장님, 젊고 패기에 넘치시던 멋진 추기경님!! 〈최일화 마티아〉

74. 윤희재
사랑합니다. 고맙습니다. :-)

75. 송필용
감사합니다. 벌써 4주기나 되었다고요. 글을 읽고 나 자신을 되돌아봅니다. 이렇게.....
스스로 바보라는 칭하고 스스로 바보 같은 삶을 사신 추기경님의 삶은 정말 바보의 삶일까? 바보 같은 행동을 하면서 사람들을 웃기는 코미디언의 행동에서는 그들의 떨어진 행동을 보고 웃는다. 하지만 바보 추기경님의 행동을 보면 추기경님의 떨어진 행동이 보이는 것이 아니라 나의 떨어진 행동을 보게 되어 울게 된다.
스스로 바보라고 하고 스스로 바보 같은 삶을 사신 추기경님의 삶은 바보의 삶이 아니라 그 누구도 흉내낼 수 없는 가장 아름다운 삶이라는 사실을 알게 되었기 때문이다.

76. 정혜수
언제나 제 마음 안에 함께하고 계시는 소중한 추기경님... 그분을 그리워하며 다시금 추기경님께 따뜻한 사랑을 전해드립니다.

77. 유미림
항상 우리들 마음속에 함께 하시는 분일 겁니다~ 감사합니다 ~~~

78. You Liv
김수환 추기경닝~~~그립습니다~~~사랑합니다♥

79. 신대규
항상 그리운 분 ♥감사드립니다. 고맙습니다. 사랑합니다.

80. 강순길
고 김수환 추기경 님. 영원히 사랑합니다..

81. 정광영
"바보 같이 안 보여요? 저 모습대로는 아니지만 바보 가까워... 제가 잘났으면 뭘 그렇게 크게 잘났겠어요. 다 같은 인간인데... 안다고 나대는 것이 바보지. 그런 식으로 보면 내가 제일 바보스럽게 살았는지도 몰라요."(2007년 동성고 100주년 전시회에 '바보야'라고 쓴 자화상을 내놓은 뒤)

82. 김은희

추기경님께서 옛날(KTX가 아닌 시절) 기차를 타고 가시다 '삶'은 뭘까를 고민하고 계셨는데 호실에 역무원이 "삶은 계란! 삶은 계란!!" 하고 들어왔답니다. 그때 추기경님께서 무릎을 탁 치시며 "삶은 계란이구나....." 그 바보 같은 웃음으로 웃으시며 하신 말씀입니다... 그립습니다.

83. Sun-Yea Oh

그분은 우리에게 소박한 사랑과 행복을 전하고 떠나셨습니다. 지금 이 땅에 그 어떤 것보다도 값진 선물이 되어 우리의 영혼을 흔듭니다. 힘들고 지친 영혼을 사랑하셨던 추기경님, 이제는 이렇게 글로 떠올려 봄이 전부가 되어 버렸네요.

84. 구본혁

우리시대의 자화상이요

85. 박경철

아.. 추기경님 뵙고 싶습니다.

86. 김병순

추기경님도 모든 걸 내려놓는데
한참이 걸리셨다는데 이 몸은 죽을 때까지
모든 걸 내려놓을 수 있을런지.......

87. 양우열

김수환 추기경님 고맙습니다. 사랑합니다.

88. 구태림

"사랑은 사랑입니다"를 알게 해주신 이 시대의 아버지...(바램)

89. 박해옥

제가 추기경님 직접 들은 미사가 한 번이네요 그동안 잠시 내려놓았는데 이렇게 뵈니 마음이 울컥합니다.
다시 맘을 잡으라 하시는 듯하네요.

90. 이영석

생전에 추기경님의 성탄 메시지는 무엇보다 아름답고 따뜻한 위로의 말씀으로 연말이면 제 마음에 파문을 주셨습니다~ 한 해를 위로 받을 수 있어서 좋았고, 또 새로운 한해를 살아갈 수 있는 에너지를 주셨습니다~ 너무나 그리운 추기경님.. 아직도 제 가슴에 살아계시고.. 소탈하신 미소를 느끼게 합니다.. 천상에서 편안히 머무시길 기도 드립니다~ 사랑합니다 ^^ _()_

91. Phillip Sunghoon Hwang

The Lord be with you..

92. 조장현

가장 낮은 자리를 찾아...
가장 누추한 자리를 찾아...
세상 모든 사람들이 가고 싶지 않아 하는 곳을 찾아 다니셨습니다. 뜨거운 예수님의 사랑으로 거친 곳을 마다 않고 다니셨습니다. 발은 상처로 피가 흘러도 자애와 온화함으로 빛나는 얼굴. 추기경님의 흔적이 아직도 이 세상을 비추입니다..

93. Kabseob Lee

선조들의 모범 신앙을 보여 주신 추기경님의 혼을 쫓으려 앞장 서려하옵니다..

94. 심상협

젊은 날 특강에서 해주신 '삶은 계란' 말씀 생각하며 빙긋이 웃습니다. 바보처럼.... 늘 감사합니다. 저도 추기경님 흉내내서 저희 아내와 가족들에게 "미고보사~ 미고보사~" 외며 살아갑니다. "미안합니다. 고맙습니다. 보고 싶습니다. 사랑합니다."

95. 성미희

당신이 알려주신 바보
바보처럼 살기 힘든 이곳
내려놓고 용서하고 사랑하고
바보처럼 편하게 티 없이 웃는 모습
그러기 힘들지만
이제 당신이 알려주신 대로
천천히 하나하나
실천합니다.
그립습니다.
사랑합니다.

96. 김순이

..서로 사랑하라... 제일 기억에 남네요...
쉬운 듯.. 어려운..^^.

97. Young H Rhee

내가 태어날 때 어머님을 절에서 백일기도를 드리면서 아들을 원하셨다. 딸로 태어난 내게는 4명의 남동생이 있다. 내 생애 가장 멋지고 가장 잘 선택한 일은 나만 천주교 신자라는 것이다. 나는 고통을 통해서 주님을 만났다. 상처를 받으면서 성장했다. 상처를 받는다는 것은 살아 있다는 것이다. 살아 있어서 행복하다. 나에게 주님께서는 많은 것을 주셨다. 내가 주님께 기도를 바치는 것은 무엇을 청하기 위함이 아니라 당연히(?) 주신 것에 대한 감사입니다. 늘 넘치게 주신 것에 감사하고 받은 것을 모두와 나누고 싶다. 나에게 힘이 되시는 분 안에서 나는 모든 것을 할 수 있습니다. "주님, 사랑합니다."

98. Kyung Ock Jeon
예수님을 닮으신 우리의 빛으로 남으신 님
영원히 사랑합니다..
당신의 그 섬김이 천국에서 해같이 빛나리..
천사도 흠모하는 아름다운 그 모습
천국에서 빛나리.....

99. YoungMee Lee
온몸으로 사랑을 베푸신 분. 많은 사람들에게 삶의 등대가 되신 분. 하늘나라에서도 행복하실 겁니다.

100. 윤현진
처절했던 1980년대 민주화의 한복판에서,
거목처럼 자리매김했던 그분.
군부와 독재에 항거해 맨몸으로 민주열사들을
방패처럼 지켜냈던 명동성당에서의 그분.
인권과 존엄성의 수호를 위하여
평생을 바쳤던 그분......
...하늘의 부르심을 받았을 때
애도의 발걸음이 끊이지 않았던 것은,
달리 이유가 있었을까요......
그리움은, 절실함은, 그분의 가치는,
우리 곁에 안 계신 지금.
더욱더 깊숙이 맘속을 파고듭니다..

101. Paulina Yoo
저는 중학교 1학년 때 추기경님이 저희 집에 오신 적이 있었어요. 엄마랑 잘 아시는 사이였어요. 추기경님이 되신 지 얼마 지나지 않아서였던 것 같은데 카리스마가 대단했죠. 그 후에도 몇 번 뵀었는데 (미사 중에) 갈수록 멋져지신단 생각 많이 했어요. 지인이 주신 추기경님의 어록, 기도문을 하루에 한 구절씩 읽으면서 많이 느끼고 반성도 하지요.

102. 이애현
김수환 추기경님을 추모하며 --- ---
하느님을 임으로 전 생애 목숨을 다하여
바보 같이 사랑하시고 축복의 길을 가신 분
따뜻한 눈길 포근한 미소로 감사와 사랑으로
세상 모든 이를 품으신 분

한 번씩 다가는 그 길 장미꽃 향기 가득 안으시고
성모님 품안에 영광의 길을 가셨습니다.
영원한 님의 곁 천상의 뜨락에서
가장 낮은 곳 버림받은 고통 받는 이들
이 지상을 위해 기도하고 계실 영원한 천상의 별
혜화동... 할아버지
온몸과 마음을 다해 순명과 겸손으로 고통과 고독 속에서
새로운 세상을 열어주신
일본 침략시대
민족 상잔시대
사회격변 속에서
같이 아파하시며 손잡고 걸어가신
나라의 민주화와 평화의 사도로 인간에 대한 사랑으로
인간의 존엄성을 지키신 분
가난한 노동자
외국인노동자
도시빈민
장애인 북한 동포 생명과 자연
모든 곳에 손잡아 공동선을 펼치신 님
섬김을 받기보다는 섬기려 오셨다는 말씀 따라
세상 평화를 건설하기 위해 고통의 십자가를 묵묵히 지시고
세상의 삶을 함께하신 우리의 님
나라의 큰 어른으로 세상을 위해 십자가를 지고
제2 제3의 그리스도가 되어
빛과 기쁨을 주는 파수꾼이 되어
인간에 대한 사랑을 펼치시라고 가르침을 주신 스승.
젊은 사제들과 '임 쓰신 가시관' '생활 복음성가'를 함께하시고
행복해하셨던 님
아마 칠갑산을 부르실 때는
어머님을 회상하셨을 따뜻한 마음을 사제들께
'인장'을 한분 한분 쥐어 주며
힘 실어주셨던 인자한 아버지
겸손과 순수로 서로 용서하고 사랑하라고 하신 님.
임은 여기 우리 곁에 목자의 길 따라 천상의 꽃 피우고 계십니다.
사랑이라는 이름으로.
세상에 살면서 세상에 집착 않으시고 안착도 하지 않으셨기에
더운 그리운 오늘입니다.
바보 김수환 추기경님 당신을 사랑합니다.

103. Tiffany Yoon
추기경님을 뵌 적이 없습니다.
들어서 알고 읽어서 알고 그렇게 저와 아는 분이 되셨어요.
마주보고 웃음 지어 본 적 없고
손 잡은 적 없고

목소리 들은 적 없는데
떠올리면 마음이 곧 넘칠 듯이 찰랑거리게 됩니다.
저에겐 아무런 기억 없이 그리운 분이 계십니다.
조금 더 생각하면 눈물이 흐를까 봐 그리움 이쯤에서 멈춰섭니다.

104. 박병조

나는 추기경님의 바보 같은 웃음을 가장 사랑한다. 마구간 태어난 예수님의 사랑과 동질의 위로를 얻을 수 있기 때문이다. 사랑은 낮은 곳에서 출발하는 것이라고 추기경님의 웃음을 통해 배운다.^^.

105. 배영순

참 편안하게, 가까운 친척 같은 느낌으로 기억되는 커다란 어른이십니다. 15년 전에 독도 방문차 오시면서 울릉도에 잠시 머물며 도동성당에 들리셨지요. 먼 눈길로 존경의 마음만 품고 지내다가 가까이에서 귀한 악수를 할 적에 가슴 뛰던 그 순간… 잔잔한 그 미소는 평화였습니다.

106. Monica Park

세상을 한결같은 믿음으로 바라보셨던 그분의 발자취를 기리며, 우리에게 남겨주신 사랑을 고이 간직하고 싶습니다. 어두운 세상 속 빛을 밝히셨던 아름다운 그 사랑을 본받아 우리 또한 세상의 작은 빛 되어 살아가고 싶습니다. 하늘의 거룩한 곳, 한 점 별 되어 우리를 비추어주실 거라 믿고 싶습니다. 사랑합니다.

107. 김경종

다 내 탓이요! 바보! 지금도 당신의 온화한 미소와 목소리가 옆에서 다가오는 것 같다. 늘 영원히 우리 곁에 게신 것으로 느껴지는데, 잘 계시죠? 당신이 떠난 이곳은 너무나 어렵고 힘든 가운데 많은 사람들이 희망 없는 망망대해를 떠도는 것 같다 합니다. 얼마 전엔 신께서 주신 목숨을 스스로 끊은 노부부가 있었습니다. 통장 잔고 3천 원을 남겨두고 막막한 삶을 고민하다 내린 결정이랍니다. 근데 이런 선택을 고민하는 노인들이 아주 많다는 안타까운 현실입니다. 신께서 주신 생명을 스스로 끊어야 하는 이 시대의 비극입니다. 이러한 현실에 당신과 같은 어른과 희망의 전도사가 없기에 더욱더 희망을 잃고 극단적인 생각을 하는 현실이 괜스레 당신만 편한 곳으로 너무 일찍 떠난 것 같아 탓을 해봅니다. 부디 하늘에서도 힘들고 희망을 잃어버리는 많은 분들께 힘과 지혜와 용기를 불어 넣어 주시기를 간절히 기도 드립니다.

108. 정우석

고맙습니다. 사랑합니다.

'고맙다'고 고백할 수 있는 삶이 무엇인지 알게 해주신 추기경님, 우리도 당신으로 덕택으로 고마운 삶이 무엇인지 깨닫게 되었습니다.
'사랑합니다'라고 삶으로 보여주신 모습들
이제는 우리가 걸어야 할 길임을 깨닫게 해주셨습니다.
비록 우리가 걷는 길이 순탄하지는 않지만,
맞이하는 순간마다 우리도 "고맙습니다, 사랑합니다"라고 고백할 수 있는 지혜와 용기를 주님께 청합니다.

109. 유경재

젊은 시절 교편을 잡고 꿈나무들과 그리도 행복해하시던, 어느 날 스테파노는 김수환 추기경으로 부름을 받았습니다. 그는 이제 민족의 아픔으로 격동의 중심에 흔들리지 않는 나무로 그 자리에 있어야 했습니다. 그의 잠자리는 늘 소용돌이 쳤고 그의 눈길이 붙들리는 낮은 자리는 늘 소외된 이들의 아우성으로 그는 위로자였습니다. 할 말은 들리는 소리에 멈춰야 했고, 그는 너무나도 평범한 분이었기에 그 평범함이 더 많은 아픈 이유들을 들어야했습니다. 그는 진정 아파하는 이의 위로였으며 그의 위로는 넘쳤지만 세상은 그를 가혹하리만큼 필요로 했습니다. 그의 햇불은 언제나 타올라 상처받은 영혼들의 영원한 고향처럼 길이 우리와 함께할 것입니다. 김수환 추기경은 그의 이름입니다.

110. 김미미

빛과 사랑으로 천국의 영원한 안식을 기도합니다.

111. 김경상

사진 찍으면서 소탈한 그 모습이 느꼈습니다. 그리고 조용히 묵상에 잠긴 추기경의 모습에서 한없는 평온함이 느껴집니다.

김수환 추기경 111전 촬영 후기

김경상

깊은 밤이 지나자
아침이 되었다.

그리고 풀잎마다
영롱한 이슬들이 모여들었다.

우리들의 추기경
김 수 환
이야기

〈김수환 추기경 선종 1주기 전시회〉 시작 문구입니다. 2009년 2월 16일 추기경님께서 선종하시고 제가 20여 년 동안 촬영한 천주교 다큐멘터리 사진과 당시 현존하신 모습을 담아서 추기경님 추모 사진전을 준비했습니다.

저와 추기경님과는 각별한 사이가 아니었습니다. 저는 다큐멘터리 사진가로서 김수환 추기경님을 먼 발치에서 지켜보며 카메라에 담는 기록자였습니다. 1990년대부터 2000년대 초까지 여러 행사장에서 추기경님을 뵙고 촬영을 하였습니다. 저는 대한민국 국민이자 천주교 신자의 한 사람으로서 당연히 추기경님은 제가 존경하는 분이시기에 한컷 한컷 정성을 담았습니다.

어느 행사장에서 추기경님을 너무 열심히 촬영을 하다 보니 추기경님께서 저에게 손짓을 하시면서 짓궂은 젊은이로군 웃으시던 기억이 남니다.

추기경님께서는 너그러우신 어른이셨습니다.

저의 첫 사진집 『캘커타의 마더 데레사』에 추천사

및 친필서명도 해주셨지요.

2009년 2월 16일 그날은 참 추웠습니다. 귀가 중 뉴스 속보로 추기경님 선종 소식을 들었습니다.

2007년 이른 봄 돌아가신 제 아버님 얼굴이 떠올랐습니다. 격동기를 살아오신 저의 아버님과 추기경님은 얼굴이 참 많이 닮았습니다. 추기경님 선종소식은 저의 아버님 부고 소식만큼 슬펐습니다. "그래 마지막으로 추기경님을 뵙자" 하고 부랴부랴 카메라 배낭을 꾸리고 명동성당으로 달려갔습니다.

초저녁 명동성당에 도착을 하니 벌써 많은 분들께서 기도와 침묵으로 추기경님을 기다리고 있었습니다.

선종하시고 3개월 후 저는 추기경님 사진전을 준비하였습니다.

제가 "요한 바오로 2세께서 선종하신 지 한 달 만에 폴란드를 방문했는데 전국 곳곳에 요한바오로 2세를 기리는 동상들이 세워져 있었습니다. 폴란드 국민들이 헌금을 모아 교황의 시복시성(가톨릭에서 순교를 했거나 특별히 덕행이 뛰어났던 사람들이 죽은 후에 복자, 성인으로 추대하는 것)을 위해 전 국민운동을 펼쳤던 것을 목격하였지요."

김수환 추기경님도 종교인을 떠나 우리 국민들의 큰 어른으로 버팀목이었고, 한국 근현대사의 산 증인으로 많은 일을 이룩하신 분이어서 충분히 시복시성으로 추대 받을 수 있다고 생각을 하였습니다.

사진전을 통해 추기경의 삶이 재조명되어 시복시성을 위한 국민운동이 전개되기를 바람으로 최선을 다해서 준비를 하였습니다.

대전 아주미술관, 울산 현대예술관 미술관, 대구

MBC특별전시장 전국순회사진전을 개최하여서 많은
분들이 관심과 전시장을 찾아주셨습니다. 추기경님
유족분들도 오셔서 많은 격려를 해주셨지요.

　추기경 선종 4주기를 맞이하여 다시 책 한 권으로
엮어서 세상에 내놓습니다.

　김수환 추기경님은 종교인이었으나, 종교를 넘어 모
든 사람들에게 등대와도 같은 역할을 했던 분이십니

다. 어른이 없는 요즘 시대에 진정한 어른이셨던 그분
의 사랑을 되새겨 보고자 우리 111인 목소리를 함께
담아 사진에세이집을 그분께 바칩니다.

2013년 1월
사진가 김경상

필자 소개

●김명훈: 의료관리학 박사
　　　　연세대학교 강남세브란스병원
　　　　mattkim@yuhs.ac

●김병주: 강릉원주대학교, 관동대학교 외래강사
　　　　현대 심리상담연구소 소장.
　　　　수필가.
　　　　eduvice@kornet.net

●박성도: 기업인
　　　　ipshow@daum.net

●박찬현: 시인
　　　　한국문인협회, 국제펜클럽 한국본부, 한국학술저작권협회.
　　　　시집으로 『먼 나라』(1989), 『종이강』(1991), 중편소설로 「어둠 속의 노래」,
　　　　「제우스의 선물」, 단편소설로 「겨울 나무 속으로 흐르는 강」 다수의 저작
　　　　oilcolor2@hanmail.net

●임연수: 수필가
　　　　micael33@hanmail.net

●조성범: 시인, 시조시인, 건축가
2012년 월간 한국문단 제10회 낭만시인공모전 최우수상으로 등단
제4회 청계천 백일장 시조 부문 장원
월간 한국문단 제12회 공모전 시 부문 대상
한국문단회원, 시조협회회원
csb2757@hanmail.net

●조이령: 국문학 전공.
현직 서울 초등학교 교감
중앙 조인스 파워블로거
자유여행가.
chiryoung@hanmail.net

●주민아: 번역가 및 칼럼리스트
창원대학교 어학교육원 전임교원
경남문화정책 연구소, 시네마테크 운영위원
joomina@lycos.co.kr

●한정화: 시인
미국 메릴랜드 거주
Julianna Lee
leej43@gmail.com

●허금행: 시인이자 수필가
Ewha Womans University, Middletown, Orange County, New York 거주
poetheo@gmail.com

김경상

다큐멘터리 사진작가
sajin1@catholic.or.kr

Since 1979

Pope John Paul II, Mother Teresa, St Kolbe, Cardinal Stephen Kim, Dalai Lama, Mahatma Gandhi.
Documentary Photo work.

Asia, Africa : AIDS, Leprosy, War Refugee camps, Mental Retardation.

Intangible Cultural Heritage of UNESCO World Documentary Photo work.

한국의 문화유산, UNICEF 사진작업.

사진작품 · 사진집 소장: 바티칸 교황청, 뉴욕 ICP, 시드니 파워하우스 뮤지엄, 국립예술자료원, 학술자료 등재

저서

2012. 12 『마더 데레사 111展 위로의 샘』, 작가와비평

2012. 11 『달라이 라마 111展 히말라야의 꿈』, 작가와비평

2012.09 『한국의 얼 111展』, 새로운 사람들

2012.06 『카롤 보이티야』, 새로운 사람들

2010.01 『 바이블 루트』, 눈빛출판사

2008.12 『우간다에서 만난 차일드 마더』, 눈빛출판사

2007.08 『라이언 부시』, 세상의 아침

2006.12 『성 막시밀리아노 마리아 콜베』, 세상의 아침

2006.03 『기억합니다』(교황 요한 바오로 2세), 분도출판사

2006.03 『낯선 천국』, 분도출판사

2005.03 『캘커타의 마더 데레사』, 눈빛출판사

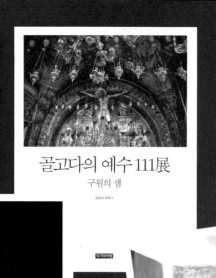

골고다의 예수 111展
구원의 샘

김경상 마란나

위대한 침묵 111展
유럽 수도원 기행

작가와여행

후지산의 소록도 111展
지구 마지막 마을을 찾아서

작가와여행